愛の迷い子と双子の天使

クリスティン・リマー 作

長田乃莉子 訳

ハーレクイン・イマージュ

東京・ロンドン・トロント・パリ・ニューヨーク・アムステルダム
ハンブルク・ストックホルム・ミラノ・シドニー・マドリッド・ワルシャワ
ブダペスト・リオデジャネイロ・ルクセンブルク・フリブール・ムンバイ

THE FATHER OF HER SONS

by Christine Rimmer

Published by Harlequin Japan,
a Division of K.K. HarperCollins Japan, 2023

クリスティン・リマー

大型書店やUSAトゥデイ紙のベストセラーリストにたびたび登場する。RITA賞に2作品がノミネートされ、ロマンティックタイムズ誌でも賞を獲得した実力の持ち主。ロマンス小説家になるまで、女優、店員、ビルの管理人など実にさまざまな職業を経験しているが、すべては作家という天職に巡り合うための人生経験だったと振り返る。オクラホマ州に家族と共に住む。

主要登場人物

ペイトン・ダール……………バーテンダー。のちファンタジー作家。
ベイリー、ペン……………ペイトンの双子の息子たち。
アレックス……………ペイトンの上の異父姉。
ジョージー……………ペイトンの下の異父姉。
マリリン・ダンハム……………ペイトンたちの伯母。
カイル・ハックストン……………ペイトンの幼なじみ。
イーストン・ライト……………〈ライト・ホスピタリティ〉のCEO。
ウェストン・ライト……………イーストンの双子の弟。
マイロン・ライト……………イーストンたちの父親。
ジョイス・ライト……………イーストンたちの母親。

1

はじまりはいつも無邪気な、ちょっと気のあるそぶり。

でも、待って。わたしは恋愛ごっこをすっぱりとやめたのだ。男性に少しでも気のあるそぶりを見せると、簡単にデートにつながる。デートはしばしば恋愛に発展する。いまのところペイトン・ダールには、恋愛のあれやこれやに時間を費やす余裕がまったくなかった。なにしろ、夜はバーテンダーとして働き、昼間は家族の農場を手伝うか、パソコンの上にかがみこんで原稿を書いているのだから。

ペイトンはもう九カ月以上、当初の方針を忠実に守っていた。その方針とは男性を完全に避ける、というものだ。もちろん、見知らぬ人のほほえみに心を動かされたことなら一度ならずあった。けれど、誘惑には断固として〝ノー〟を突きつけた。頭の中にある物語を原稿としてまとめるには、長期間、脇目も振らずに自分を律しつづける必要があるからだ。

ところが、十月なかばのある夜のこと、それまでとは次元の違う誘惑がペイトンの目の前に現れた。

その夜、〈ハートウッド・イン〉というホテルのバー、〈ラーチトゥリー・ラウンジ〉には閑古鳥が鳴いていた。客は、ブース席でさっきから声をひそめてけんかをしている中年の男女がひと組。それと、カウンターのすみの席に、常連のクリータス・カニガンがだらしない姿勢で座っているだけだった。

今夜も長い夜になりそうだ。けれどもそこへ、背が高くてたくましい、収まりの悪い金髪の男性がやってきた。その男性客はクリータスがいるのとは反対側の端のスツールに腰かけた。

気があるそぶりを見せてはだめよ。ペイトンは自分に厳しく言い聞かせてから、飛びきりセクシーな新しい客に声をかけた。「〈ラーチトゥリー・ラウンジ〉へようこそ。何をお飲みになります？」

客はウィスキーを注文した。「それと、何か食べるものを」「ここは何がうまいのかな？」

「開口一番、むずかしい質問を」ペイトンは口の中でつぶやいた。

男性が青い瞳を細くして彼女を見た。「何か問題でも？」

「えーと、まあ」残念ながら、このバーで供される料理においしいものはあまりない。ペイトンは客に嘘《うそ》をつきたくなかった。けれど、〝ここの料理は最低です〟と、はっきり口にするのもはばかられたので、質問をはぐらかすことにした。「どんなものを食べたい気分ですか？」

男性はしばらくペイトンの顔を眺めていた。彼女も相手を見つめ返す。見つめあう時間が長くなるにつれ、ペイトンの胸はどきどきしはじめた。

男性がバーカウンターの上で両手を組みあわせた。「料理はどれもおいしくない。そういうことかい？」

はぐらかし作戦もここまでだ。偽りは言いたくない。でも、店の料理をけなして、首になりたくもなかった。ハンバーガーなら、そこそこいける。「ハンバーガーはいかがです？」

男性が下を向いてほほえんだ。「きみは正直者だね」

ペイトンはメニューを手に取り、開いて相手に差しだした。「よろしければ、ごらんください」

客が皮肉っぽく笑った。「ハンバーガーでいいよ。フライドポテトはある？」

「ええ」彼女はメニューをもとの場所へ戻した。

「待ってくれ」男性が調理場へ向かおうとするペイトンを呼びとめた。「これからきみがぼくの夕食を調理してくれるようなのは、気のせいかな？」

「気のせいじゃありません」

「ずいぶんと、いそがしい人なんだね」

ペイトンはほほえみ、手で店内を示した。「ごらんのとおり、今夜はお客さまがまばらです。そういう日は、調理師が七時で帰ってしまうんです。でも、ご心配なく。わたしだって、グリルの扱いは心得ていますから」ウィンクしちゃだめ。ウィンクはどう考えても気のあるそぶりよ。

けれども、ペイトンは結局ウィンクした。

「手間を取らせてしまうようだ。ありがとう」客が彼女の左胸の名札をちらりと見た。「ペイトン」

調理場へ引っこんだペイトンは、ホテルの支配人のミッジ・シャナハンが、獲物を狙う蜘蛛《くも》のように物陰にひそんでいるのに気づいた。

最初のうち、ミッジは何も言わなかった。ペイトンは手を洗い、冷蔵庫からハンバーグのパテを出してグリルにのせた。そして、カットされたポテトをたっぷりとフライ用の網に入れる。ミッジは無言のまま、枯れ木のように細い腕を組み、動きまわるペイトンを眺めていた。

やがて、ミッジがささやくような声で嫌味を言った。「いましがた、あなたがカウンターのお客といちゃいちゃしているのを見かけたわ。わたしがあなたにお給料を払っているのは、そういうことをさせるためじゃないのよ」ペイトンはハンバーガーのトマトをひと切れおまけしてから、支配人に冷ややかにほほえみかけた。

ミッジの嫌味は聞き流すのがいちばんだ。ペイトンはここで働きはじめてからしばらくして、そのことを学んだ。ミッジは心根が卑しく口うるさい女で、ひどい暴言は吐くけれど、脅しを実行に移したことは一度もない。

最近ではミッジに言いがかりをつけられても、ペイトンは何事もなかったようにほほえみ、作業を続けることにしていた。こちらの反応がなければ、ミッジの攻撃が早めにやむからだ。

三十秒ほど沈黙が続いたあと、ミッジがまた口を開いた。「今夜は客足が悪いようね」

「ええ、そうですね」ペイトンは言い、グリルの上のパテを引っくり返した。

「わたしがいなくても、バーは大丈夫だと思う?」ミッジが不本意そうに尋ねた。夜の時間帯にバーがいそがしくなった場合は、支配人が調理を担当する手はずになっていたが、そんなことはめったになかった。ミッジはたいてい夜八時を過ぎると、ロビーの奥にある自分の部屋へ引っこんでしまう。

「もちろん、わたしひとりで大丈夫です、ミッジ」

「そう」ミッジは小さく鼻を鳴らした。「わかったわ。じゃあ、また明日ね」

「おやすみなさい、ミッジ」ペイトンがポテトをフライ用の鍋の油で揚げているあいだに、支配人は調理場から出ていった。

数分後バーへ戻ったペイトンは、青い瞳のセクシーな男性にハンバーガーを出した。ブース席の中年男女は会計をすませて帰っていった。

クリータスが残っていたビールをいっきに飲み干し、グラスをどんとカウンターに置いた。「ペイトン、もう一杯たのむ」

ペイトンは彼にビールのおかわりを出した。

セクシーな男性がハンバーガーを食べおわると、彼女は相手と目を合わせないようにしながら使用ずみの皿を下げた。彼の青い瞳は、ペイトンが足を踏み入れまいと誓った場所へ彼女を誘っていた。少なくとも、一大ファンタジー巨編の三部作を書きあげるまで、そこへ足を踏み入れるわけにはいかないのに。

「ペイトン?」

深みのある声に呼ばれたせいで、彼女は理性にさからって顔を上げてしまった。「はい？」

「もしかして、ぼくを見ないようにしている？」

ペイトンは取り繕うのをあきらめ、肩をすくめた。

「ええ、まあ」

「どうして？」

「別にいいでしょう？」

彼のまなざしがペイトンの瞳から口元へ移り、また瞳へ戻った。「きみはとても心引かれる人だな」

客の言葉を真に受けてはいけない。けれど、ペイトンは〝心引かれる〟と言われたことがうれしかった。女性に言いよろうとする男性はたいてい相手を〝美しい〟と言う。でも〝心引かれる〟という表現には、真摯な甘い響きがある。

そして、男性がつけ加えた。「口説き文句のようなせりふを言うべきではなかったね」

ペイトンは笑うのをこらえた。「ええ、そうね」

「だが、思わず言ってしまったんだ。無視してくれていいよ」

「わたしのほうこそ、あなたのことを無視していたわ――というか、無視しようとしていたの」

「なぜ？」

「わたしには将来の大きな計画がある、とだけ言っておきましょうか。男性に気を取られている余裕はないの」

「計画とは、どんな？」

「たとえば、ベストセラー間違いなしのファンタジー小説三部作を書きあげるとか」

「きみは小説家なのか」男性が少しの皮肉っぽさもにじませずに言った。おかげで、ペイトンにとって彼はますます魅力的な男性になった。

彼女はこくりとうなずいた。「作家の卵よ。バーでお酒を出したり、うちの農場を手伝ったりしていない時間に、本を書いているの」

「とてもいそがしい作家の卵だ」

「そういうこと」

「なるほど。だったら、ぼくなんかがきみの邪魔をしてはいけないな」

ペイトンは眉をひそめた。「ふたつききたいことがあるんだけど」

「なんだい？」

「あなたの名前は？」

「イーストンだ」

ペイトンは彼の名前が気に入った。「じゃあ、イーストン。あなたは結婚しているの？」

イーストンが彼女から目をそらさずに質問に答えた。「最近、離婚したところだ。何日か前に、離婚が成立したという書類を受けとったばかりだよ」

「それはお気の毒に」

「どうも」彼がウィスキーを口に含んだ。「別れた妻とは大学時代からのつきあいだった。だが、だんだんに気持ちが離れてしまって、結局、お互い別の道を歩もうということになった。それできみは、ペイトン……夫か恋人はいるのかい？」

「いいえ。どちらもいないわ」

店のドアが開いて、初めて見る女性の客がふたり入ってきた。ふたりはブース席に腰を据えた。

「ちょっと失礼します」ペイトンはイーストンにことわり、ふたりの注文を聞きに行った。

女性客たちはコスモポリタンとモッツァレラチーズ、それにアーティチョークのディップを注文した。ペイトンはふたり分のカクテルを作り、おつまみを用意したが、そのあいだもずっとイーストンを意識してそわそわしていた。それでも彼のほうは見ないようにしていたのに、結局は目が吸いよせられてしまった。それも二回。二回とも、イーストンはこちらを見ていた。そして目が合うと、にっこりした……。

「ウィスキーをもう一杯いかが？」女性客のテーブルに注文の品を運んでから、ペイトンはイーストンに尋ねた。

「やめておいたほうがよさそうだ」イーストンが勘定書きを求め、気前のいい金額のチップをうわ乗せして、二〇三号室につけておくようにたのんだ。

バーカウンターの反対側の端で、クリータスが盛大なため息をついた。気の毒な彼は最近、妻に出ていかれたのだ。ペイトンは彼に近づいた。「大丈夫、クリータス？」

「もう一杯たのめるか？」クリータスは期待のまなざしでペイトンを見たが、彼女が首を横に振ると、もう一度大きなため息をついた。「おれは四時間前からここにいて、ビールを四杯飲んだ。一時間につき一杯なら、体が処理できる分量だ。それに、おれは車を運転して帰るわけじゃない。夜中にファーガスが迎えに来てくれることになってる」ファーガスはクリータスの兄だ。

「そこまで言うなら仕方ないわ」ペイトンはクリータスにビールのおかわりを出した。そして、その後はカウンターのもう一方の端にいる、離婚したばかりのセクシーな男性には近づかないよう気をつけた。これ以上のおしゃべりは避けたほうが無難だ。でも、どうしてイーストンは自分の部屋へ戻らないのだろう？　もうお会計はすんだのに。

イーストンがこちらへ視線を投げた瞬間、ちょうどペイトンも彼のほうを見た。

それだけでいままでの努力は水の泡になり、イーストンに近づくまいとする気持ちは消えてなくなった。要するに、ペイトンは彼が好きだったのだ。イーストンに見つめられると、全身に生気がみなぎる。ペイトンは不可思議な力によって、ひと言も発していない彼のそばへ歩みよっていった。

悲しげな表情のイーストンが、力強い顎を手でこすった。「もう一杯ウィスキーがいりそうだ。さもないと、ここに居座る理由がない……」

ペイトンは彼にウィスキーを出した。そして、ふたりは世間話をはじめた。イーストンは仕事でこの町を訪れているという。ハートウッドは農業の盛んな土地だ。彼は農場でも買おうとしているのだろうか?

「このあたりは美しいところだね」イーストンは彼女を見つめながら言った。けれど、彼のまなざしは〝美しいのはきみだ〟と告げていた。

ペイトンは思った。こんな感覚を味わうのは、いつ以来だろう? 体が温かくて、ふわふわと宙に浮いている気さえする。

ふたり組の女性客が、身振りでカクテルのおかわりを求めた。続いて、地元の建築事務所に勤める男性が三人来店した。

カクテルを作り、新しい客のためにハンバーガーとさつまいものフライドポテトを用意しながら、ペイトンはみずからを厳しく戒めた。絶対にだめ。誘惑に乗るなんて、もってのほかよ。

けれど、彼女の気持ちはイーストンから決してそれなかった。ほんの少しのあいだだけでも、彼とふたりきりになれたら、どんなにすてきだろう。

それに、ときには息抜きに楽しい時間を過ごしたっていいはずだ。この九カ月半、わたしはうまずたゆまずがんばりつづけた。夜は退屈なこのバーでお酒やおつまみを出し、朝は家の農場を手伝って、それからようやくパソコンの前に座り、原稿に取りかかるといういそがしい毎日だったのだ。

だって、あんなにすてきな人なのよ。ペイトンの中にいる十代の少女が懇願した。あのセクシーな男性はわたしを好きで、わたしも彼が大好きなの!

困ったことに、ペイトンは胸の内でその少女に同意しはじめていた。その少女とはすなわち、彼女の心の弱い部分だ。楽しいことを求めるその部分は、アマチュアバンドで徹夜でギターを弾いたり、歌ったりするのが大好きだった。

イーストンって本当にすてきだわ。内なる少女が哀れっぽく言った。彼なら完璧じゃない？　なんのしがらみもないのよ。ひと晩だけ。それ以上は長引かせないって約束する……。

ファーガスが店に現れ、弟のクリータスを連れて帰った。ふたりの女性客も去り、建築事務所の従業員たちも勘定書きを求めた。

深夜一時までには店はからっぽになった。残ったのはペイトンとイーストンのふたりのみで、気軽な会話と、心地よいセクシーな緊張感を楽しんだ。

イーストンは身内の会社で働いていると打ち明けた。けれど、会社名は口にしなかったし、どういう業種の会社なのかも言わなかった。ペイトンも尋ねなかった。まるでゲームをしている気分だった。どちらの側も、自分の生活の詳しいことについては口にしないように注意していた。ふたりともお互いの姓や、どこの誰かといった具体的な情報は必要なかった。ただふたりでいる時間を楽しめればそれでよかった。

閉店時間が近づいたとき、イーストンが言った。

「こんなに楽しかった夜は記憶にないよ」

わたしの記憶にもないわ！　ペイトンは心の中で叫んだ。「〈ラーチトゥリー・ラウンジ〉は最高でしょう？」

「そのとおりだ。バーテンダーがきみである場合に限るけれどね」イーストンはペイトンの瞳を見つめてから、視線を彼女の唇に移した……。

ペイトンの唇がちりちりとうずく。彼にキスをされたら、どんな感じがするの？　その疑問は答えを知りたいという渇望に変わり、やがて強迫観念に近くなった。

「わたしも楽しかったわ」彼女の声は息を切らしたようにかすれていた。「いつもは夜が長くて仕方ないの。でも、今夜は違った」

そのときイーストンが、どちらも考えていたことを口にした。「この時間がおわらなければいいのに」

誘いの言葉は、あたりに幾重にもこだました。そ知らぬふりをして受け流しなさい、ペイトン。自分に誓ったとおり、品行方正を貫いて、彼におやすみと言うのよ……。

イーストンは彼女の返事を待っていた。ふたりは息をころして見つめあった。

ペイトンは危険な断崖の縁にたたずんでいるような気がした。そして誘惑に負け、その崖から落ちた。

「十五分だけ待って。そうしたら、この時間をおわらせなくてすむわ」

2

店のわきのドアから外へ出たペイトンは、すぐイーストンの姿を見つけた。彼は車体の低い黒のスポーツカーに寄りかかっていた。駐車場の強烈な照明のせいで、髪は金色に輝き、目元には濃い影が落ちている。まさに、彼女がこれまで死守してきた規律を手放すにふさわしい、極上の男性だ。

「すてきな車ね」

イーストンが無造作に肩をすくめた。「レンタカーなんだ」

急にペイトンは気おくれした。不格好な仕事用の靴や安いジーンズ、よれよれのブルゾンが気になった。「本当なら、あなたをわたしの家へ招くところだわ。ひとり暮らしをしているから。だけど、同じ農場の敷地内にはほかにも二軒家があって、おせっかいな姉と伯母が住んでいるのよ。あなたを呼んだら、きっといろいろきかれるわ」

「口うるさい人たちなのかい？」

「いいえ。ただ、ふたりともわたしに対して遠慮がないから、つっこんだことを平気で尋ねるの」

イーストンはまじろぎもせずに彼女を見つめた。

「ぼくの部屋へ来るといい」

ペイトンは神経質な笑い声をもらした。「そちらにもミッジがいるわ」

「ホテルの支配人のことかい？」

ペイトンはうなずいた。「宿泊客と部屋で会うことは厳しく禁じられているの。もしもミッジに見つかったら、解雇されてしまうわ」

だけど、ミッジは本当にわたしを首にするだろうか？　ペイトンには確かなことはわからなかった。

ミッジにはさんざんひどいことを言われたけれど、これまでのところ、支配人が脅しのたぐいを実行に移したことは一度もない。けれど、従業員がホテルの宿泊客と関係を持ったら、いくらなんでも解雇に踏み切るだろう。イーストンと部屋へ行くところを見つかったら、わたしは即日、首に違いない。

そう考えて、ペイトンは危うく笑いそうになった。退屈なバーの仕事を首になるのが、それほどの大ごと？

ええ、大ごとよ。彼女は自分に釘《くぎ》を刺した。ハートウッドで仕事を探すのはむずかしい。とりわけわたしのように、働ける時間が限られている場合はなおさらだ。

けれどそのとき、長いこと抑えつけられていたペイトンの奔放な側面が大声をあげた。思いきって、彼の部屋へ行っちゃいなさいよ！

イーストンが小首をかしげた。「だったら、ほかの場所へ行こう」

今度の笑い声には、あざけりがこもっていた。

「ここはハートウッドよ。近くにあるほかの宿といったら、モーテルくらいだわ」

イーストンは寄りかかっていた車から長身を起こし、彼女に歩みよった。彼の近さに、ペイトンの体が甘くわななく。吐く息が白くなるほどの寒さの中、ふたりは見つめあった。

そして、イーストンが初めて彼女にふれた。

ふわふわしたブルゾンの襟の部分を両手でつかみ、ペイトンを寒さから守るようにしっかりと首の周りに寄せたのだ。彼の親指がペイトンの首をかすめ、彼女はぶるっと体を震わせた。

ささやきに近い声で、イーストンが尋ねた。「今夜のこと、気が変わったのかい？」

「冗談でしょう？　せっかくミッジにひと泡吹かせるチャンスなのに、それを棒に振るの？　いいえ、イーストン。気は変わっていないわ」

「よかった」イーストンが体をかがめた。彼の唇が、ペイトンの唇を羽根のように軽くかすめた。

その感触は、これからのよろこびを約束していた。

「先に部屋へ行って」ペイトンはまつげの下からイーストンを見あげた。「わたしは自分の車をホテルの駐車場から出して、どこかへ停《と》めてくるわ」

「待っているよ」イーストンはふたたび、今度は少し時間をかけてキスをした。ペイトンはもう次のキスが恋しくてならなかった。

男性とのつきあいを断つと決めたあとも、どうしてピルだけはのみつづけなかったんだろう？　どこかの時点で、あらがえないほど魅力的な男性が現れると想定しておくべきだったのに。「あなた、避妊具を持ってる？」

「ああ」

「オーケイ。じゃあ、十分後に」

「ぼくの部屋は――」

「二〇三号室よね? 覚えてるわ」

〈ハートウッド・イン〉は、インターネット上やパンフレットではリゾートホテルを名乗っている。けれど実際は巨大なログハウス風の母屋に、ふたつばかり棟を建て増しし、見栄えをよくしたモーテルといった感じの宿泊施設だった。

幸い、二〇三号室は建て増しした棟にあるスイートルームで、外部の廊下から直接中へ入れるようになっていた。

二〇三号室のドアが、ペイトンがノックする前に内側から勢いよく開いた。イーストンの顔がゆっくりとほころぶのを見て、彼女の全身は急に温かくなった。「来てくれたんだね」

ペイトンの胸は大きな音をたてて鳴っていた。

イーストンは彼女の手を取り、松材がふんだんに使われた部屋の中へ案内した。

ペイトンは居間の部分を見まわした。書き物机の上には大きなノートパソコンがのっている。石造りの暖炉の内側ではガスの炎が盛んに燃えていた。そして奥の寝室にはキングサイズのベッドがあった。

「ベッドは寝心地がいいって聞いているわ」

「ああ。とてもいい」

「チェック柄ばかりなのが残念ね」このスイートルームの布はすべて、カーテンも、ベッドの上掛けも、枕カバーも、赤と緑のチェック柄だった。

イーストンは一瞬たりともペイトンから目をそらさなかった。「たしかに内装は少し手直しが必要かな。ああ、きみはなんて美しいんだ」彼が深く息を吸いこんだ。「それに、きみの香りは――」

「ビールとフライドポテトのにおいがする?」

「しいっ。黙って」イーストンはほっそりしたペイトンの首を大きな手で包みこみ、彼女の顔を上げさせた。唇を奪われると、ペイトンはふれあいの心地よさにため息をもらした。

やっとだわ。これで三度目のキス。ああ、この人は唇の使い方を本当によく心得ている。

ペイトンが目を開けたときも、イーストンはこちらを見つめていた。彼女のブルゾンが脱がされ、床へ落ちる。ペイトンの全身の神経は、熱い予感のせいで震えだしそうなほどに高ぶっていた。次に、イーストンは彼女のTシャツの裾をつかんで上へ引っぱった。ペイトンが両腕を上げると、Tシャツは頭を通ってほうりだされた。

イーストンがもう一度キスをした。彼がペイトンのジーンズのボタンをはずし、ショーツといっしょに厚い布を押しさげるあいだ、ふたりの舌は戯れるようにからみあっていた。

唇が離れたとき、ペイトンはうつむいて、膝のあたりでかたまりになって引っかかっているデニムと薄手のコットンを見おろした。「人に服を脱がせてもらうのって、ときどきすごく決まりが悪くなるのよね」

「ぼくはよろこんでしている」

「ええ、そのようね。あなたのそういうところが好き――」

「もっと言ってくれ」イーストンが彼女を両腕に抱えあげて、奥の部屋のベッドへ運んだ。

「えーと、好きなのはあなたのキスとか……」

ペイトンはそっとベッドに下ろされ、靴と靴下を脱がされた。数秒後には、ジーンズとショーツも床へほうりだされた。なんの飾りけもない白のスポーツブラ一枚という姿になって、ペイトンは彼を見あげた。

「さあ、次はきみの髪だ。こっちへ来て」そう言われたペイトンは、イーストンのそばへにじりよった。彼の指が緩くまとめた髪から器用にピンを抜くと、ウェーブのかかった褐色の髪がペイトンの肩へふわりとかかった。ベッドわきのテーブルの上には避妊具が用意されており、イーストンが抜いたピンをその横へ置いた。「ほら、完璧だ」

けれど、ペイトンはまだまったくセクシーでないブラを身に着けていた。すばやく身をよじって自分でブラをはずし、それをベッドのヘッドボードに引っかけて、あおむけに横たわる。

イーストンは魅了されたように彼女の一挙一動を見つめていた。「きみという人は、ぼくがこれまでに出会ったどんな女性とも違う」

ペイトンはもう一度、座った姿勢になり、イーストンのそばへ戻った。そして膝立ちになって、イーストンのシャツのボタンをはずしはじめた。「どんなふうに？」

「きみは自分自身に忠実で、そのことに満足しきっている。怖いものはないのかい？」

「言われてみれば、何もないわ」ペイトンはシャツの最後のボタンをはずした。

イーストンがシャツを脱いだ。

「あなたって、とても……」ペイトンは筋肉の張り詰めた彼の胸を愛《め》でるように撫《な》でた。

「ぼくが何？」

「適当な言葉が思いつかないわ。そんなこと、めったにないのに」イーストンの肌はなめらかで、とてもさわり心地がよかった。

ペイトンは彼と視線を合わせた。朝が来て、この人と別れるのはとてもつらいだろう。でも、わたしはかならず未練を断ち切る。彼女は自分にそう誓った。

イーストンが男らしい両腕を彼女の体にまわす。ペイトンは吐息をついて、次のキスを受けとめた……。

あっという間に午前四時になっていた。

「もう家へ帰らないと」けだるげに、ペイトンは言った。

イーストンが枕から頭を上げた。「まだここにいてくれないか」

本音を言えば、ペイトンももう少し彼のそばにいたかった。「だめよ。ごめんなさい」彼女は上掛けを押しのけた。

肘で体を支えながら、イーストンはベッドの周りを歩きまわって自分の着るものを拾い集める彼女を見守っていた。「ペイトン」

彼女は体をよじってブラをつけた。「何？」

「ぼくはあと一週間、ここに滞在する。そのあいだに、またきみに会いたい」

ペイトンはショーツを身に着け、ジーンズとTシャツを着た。

靴下と靴を履くため、ペイトンがベッドの縁に腰かけると、イーストンが体を起こして彼女の背中に近づいてきた。そして指で褐色の髪をどけ、ペイトンの首のつけ根に顔をうずめた。

「イーストン……」

「今夜もバーの勤務？」彼が歯でペイトンの肌を引っかいた。

ペイトンの体がよろこびにわなないた。

これ以上、彼をその気にさせてはいけない。けれど、何をどうすればいいの？

イーストンが彼女の耳たぶを歯で挟んだ。「答えてくれ」

「あの、ええ。今夜もバーにいるわ」

「だったら、会いに行くよ」彼が歯を立てた場所に舌を這《は》わせ、ペイトンの頭の中には欲望の霧がかかった。

しっかりしなさい、ペイトン。これは一夜限りの火遊びと、彼にはっきり言わないと。

けれど、イーストンは一週間ここに滞在すると言った……。

一週間。そのあと、彼はもと来たところへ戻ってゆく。

ペイトンはもう一度、イーストンとの逢瀬《おうせ》を楽しみたかった。それに、彼がハートウッドにいるあいだくらい、いっしょにいてなぜいけないのだろう？　何カ月も働きづめだったのだから、自分にご褒美をあげるべきでは？

一週間。それが守るべき期限。一週間たったらイーストンは町を去っていき、わたしは現実の暮らしに戻る。

身支度をおえると、ペイトンは立ちあがって、イーストンを振り返り……みぞおちがかっと熱くなった。寝乱れた髪のイーストンは、本当にすてきだ。光をたたえた青い瞳は、まだペイトンを貪り尽くしていないとはっきり告げている。

わたしは誰をごまかそうとしているの？　わたしだって、まだ彼を貪り尽くしていないわ。

「いくつか、ルールを設ける必要があるわ」

イーストンは眉根を寄せた。「どういうルールを？」

「問題は、わたしがあなたを大好きだってことなの。とてもね。もしもうしばらくいっしょにいたら、きっとわたしはあなたをもっと好きになるわ。だから、将来あなたと連絡を取ろうとするのを防ぐためにルールを設けるの」

彼の冷めた目がこちらを見つめた。「わかっているかい？　きみはぼくの姓すら知らない」

「そのとおりよ。そして、あなたもわたしの姓を知らないわ。そのままにしておくの」

「なんと」イーストンが表情を曇らせた。「この一撃は効いたな。どうして知りたくないんだ？」

「本当にごめんなさい。ただ……わたしは大学を中退したの。わかる？　つい最近まで、はじめたことを何ひとつやり遂げられない人間だったのよ。楽しいことが好きで、まじめに何かしようとしても、すぐ別のことに気を取られてしまって。パーティや、音楽が大好きなの。だけど、そんなわたしがようやく、小説家になる夢をかなえようと、腰を据えて執筆に取り組みはじめたの」

イーストンは話に真剣に耳を傾けていた。「それはすばらしいことだ。きみの計画に横槍《よこやり》を入れるつもりはない。ただ、この町にいるあいだ、いっしょに過ごしたいだけだ」

「ええ。だけど、そこが問題なのよ。わたしもあなたにまた会いたいわ。でも、いまは仕事以外に費やす時間がないの」

彼が表情を硬くした。「時間なら作ればいい。こんなふうに考えるんだ。きみは長いあいだ、立ち止まることなくがんばりつづけた。それなら休暇が必要だ。そして、ぼくは必要な休暇をきみに提供する人間なんだ」

笑って、ペイトンは頭を左右に振った。「あなたって、あきらめることを知らない人なのね」

イーストンがさらに言った。「ぼくは一週間しかここにいない。そのあとは、町からいなくなる。もしきみが二度とぼくに会いたくないなら、本当に二度と会うことはない」

ペイトンは彼を見つめた。その申し出は、まさしく希望どおりだ。「わたしは本気よ。ルールはちゃんと守ってほしい」

間髪入れずに、イーストンが応えた。「具体的に言ってくれ」

彼女は床の敷物に視線を落とした。「いいわ。お互いに姓は名乗らない、電話番号やメールアドレスも教えない。仕事の内容や、どこに住んでいるかも知りたくないわ。それぞれの生活について、大まかなことは話してもいいけど、詳しくはだめよ」

イーストンがかぶりを振って、ぶっきらぼうな口調でペイトンを責めた。「お互いに嘘《うそ》をつきあえというのか？」

「わたしの言ったことを聞いていなかったの？　本当の話をすればいいのよ。何が好きかとか、どんなものが欲しいとか。だけど、名前や地名は言わないで。あとで連絡を取る手がかりになりそうなことは、いっさいだめ」

勢いよく体の向きを変え、イーストンがたくましい両脚をベッドから下ろした。一糸まとわぬ姿でベッドの縁に座って、彼が言った。「そんなルールは必要ない」

「考えてもみて。あなたは離婚したばかりでしょう？　次の相手とつきあう準備はできているの？」

「ペイトン、よしてくれ……」

「お願いだから、答えて。気持ちの整理はついているの？」

「いいや。だが、ぼくは――」

「わたしも同じよ。準備ができていないの。するべきことがたくさんあって、男の人に気を取られている暇なんてない。誘惑に負けてあなたに電話したり、SNSで捜したりする余裕は全然ないのよ」

こちらを見つめるイーストンの瞳が暗く陰った。

ペイトンは続けた。「だけど、この……力はたしかに感じるわ。ふたりのあいだには惹《ひ》かれあう力が働いている。わたしも、もう少しそれを楽しみたいの。だけど、会うのはこの一週間だけと約束して。できないなら、首を縦には振れないわ」

イーストンの顔から険しさが消えた。「ぼくがこの町にいるあいだだけ――」

「ええ。そのあとは、あなたは自分の暮らしに戻り、わたしはここにとどまる。たとえどんなに心残りでも、ふたりが連絡を取りあうことはない。お互いの連絡先を知らないからよ」

イーストンが立ちあがった。「ペイトン」

ああ、なんてことなの。彼女は食い入るように目の前の男らしい裸体を見つめた。イーストンの腕の中にこの身を投げだしたくてたまらない。

けれど、ペイトンはその場から動かなかった。

「わたしのルールが気に入らないなら、それでもいいわ」イーストンに背を向け、ブルゾンとバッグを手に取った。

すると突然、すぐ後ろにイーストンが立った。

「ペイトン……」彼は華奢《きゃしゃ》な両肩をつかんで、自分の裸の胸に彼女の背中を引きよせた。

ペイトンは固い決意が揺らぐのを感じた。

イーストンが彼女の首のつけ根に顔を押しつけた。

「きみの言うとおりだ」彼がささやいた。「ぼくはつい先日、離婚したばかりだ。ハートウッドでの仕事は一週間でおわるが、次にどこへ行くことになるか、誰にわかる?」

ペイトンは頭を後ろに傾けてイーストンと視線を合わせた。彼がつつしみ深いキスをする。

唇が離れると、ペイトンは抱擁から逃れて振り返った。「今夜、わたしがどこにいるかはわかってるでしょう? ゆっくり返事を考えて」

イーストンが皮肉っぽく笑った。「きみの提案に乗るよ」額から乱れた金髪をかきあげる。「今夜、バーで会おう」

ペイトンの胸は、甘くてほろ苦いうずきに締めつけられた。「ふたりとも、ミッジには気をつけないと。わたしは首になりたくないの」

「わかっている」

「バーへは九時過ぎに来て。そのころには、ミッジは自分の部屋へ引きあげてしまうから……」

「了解だ。もしも支配人がバーにいたら、長居はしない。この部屋へ戻って、きみを待つよ」ふたりは見つめあった。熱い電流のようなものに、どちらの体もからめとられていた。

ペイトンは深く息を吸った。「わたし、本当に行かないと」

「ああ。服を着る時間をくれ。車のところまできみを送る――」

「いいえ、送らなくていいわ」

「なら、もう一度キスを」

「イーストン、わたしはどうしても――」

けれど彼は耳を貸さず、両手でペイトンの頬を包みこみ、彼女はキスの魔法に身をゆだねた。

ひとしきり唇を求めあったあと、ペイトンはぎこちなくイーストンを押しのけた。「行かなきゃ」

彼が両手を開いた。「わかった」そしてペイトンのブルゾンをつかむと、彼女が袖を通しやすいように広げて差しだした。「じゃあ、今夜」

また気持ちが揺らぎだす前に、ペイトンは足早にイーストンのスイートルームをあとにした。

木曜日の夜の〈ラーチトゥリー・ラウンジ〉は、水曜日の夜よりさらに暇だった。

ミッジは八時に自室へ引きあげ、イーストンは九時きっかりに現れた。彼の姿を見ただけで、ペイトンの胸は高鳴った。黒いジーンズとセーターを着たイーストンは、昨晩と同じ席に座った。

ペイトンは彼にナチョスとビールを出した。クリータスや、店にいるほかの五人の客に何か気づかれると厄介なので、ペイトンもイーストンも慎重にふるまい、ほとんど話はしなかった。

ナチョスを食べおわり、ビールを飲み干したあとも、イーストンは店にとどまっていて、ペイトンは少し後ろめたかった。きっと彼はわたしと同じくらい、この店に退屈しているに違いない。けれど不思議なことに、店内の雰囲気はイーストンがいるだけで、普段よりずっと明るく感じられた。

自分のみじめな境遇にしか関心のないクリータスでさえ、ペイトンの浮きたった様子には気づいたようだった。

「ペイトン」彼女が四杯目のビールをカウンターに置いたとき、クリータスがぼそっとつぶやいた。

「何かしら、クリータス？」

彼が眉間にしわを寄せ、責めるような口ぶりで言った。「何をにやにやしてるんだ？」

ペイトンは、カウンターの反対側の端にいるたくましい男性に目を向けないよう、ことさらに注意した。「今日は気分がいいの。それだけよ」

「ふん」クリータスがビールをひと口飲んだ。「そんな気分は長くは続かん。人生なんて、つまらんもんだ」

彼女は笑った。「クリータス、あなたって本当に陽気な人ね」

「皮肉はよしてくれ」彼がうなった。

夜の十一時を少し過ぎたころ、クリータスは迎えに来た兄といっしょに帰っていった。

その後、店に残ったのはペイトンとイーストンだけになり、ふたりは気軽なおしゃべりを楽しんだ。どういう音楽が好きかとか、お気に入りの映画は何かとか、そういう話だ。

バーにふたりきりでいるせいで、ペイトンの想像力はかきたてられた。店のブース席や奥の調理室で彼とからみあう姿が、脳裏に浮かんでは消えていた。

イーストンは、彼女の危険な思考を敏感に察知したらしい。「どうかしたかい？」

「いい考えじゃないわ」

彼が眉根を寄せた。「なんの話だ？」

ペイトンは声をひそめて言った。「わたしたちには新しいルールが必要よ」

イーストンが口の中で毒づいた。

「わたしのシフトのあいだじゅう、あなたが店にいるのはよくないと思うの」

「きみの要請に応えて、ぼくは夜九時までここへは近づかなかったじゃないか」

「まあ、〝きみの要請に応えて〟ですって？　すてきな表現ね。あなたって、イェール大学の出身とか？」

「お互いについての具体的な情報はなしだぞ」彼が低い声で言った。「忘れたのかい？　きみが決めたルールだ。どうして、ぼくがここに長居してはいけない？　ぼくはホテルの宿泊客だ。ここ〈ラーチトウリー・ラウンジ〉では、きちんと飲み物と料理を注文している。カウンター席に座って、このうえなくセクシーなバーテンダーとおしゃべりするのに、ぼくほどふさわしい人間はいない」

「このうえなくセクシーですって？　わたしが？」

ペイトンは頭がおかしい人みたいに笑うべきか、官能的な声でうめくべきかで悩んだ。それとも……ただバーカウンターを乗り越え、この人にキスをするべき？

「そのとおり。自分でもわかっているはずだ」イーストンがゆっくりとスツールを下りて立ちあがった。

ペイトンは、その瞳の中の意図を読みとった。そして、断固として彼を思いとどまらせなくてはならないと思った。

けれど、彼女は急に言葉を発することができなくなっていた。イーストンを見つめながら、少しだけ唇を開く。

イーストンがペイトンに向かって腕をのばした。大きな手をほっそりしたうなじにまわし、バーカウンターの奥にいる彼女の体を引きよせる。

ふたりの唇が重なった。

3

イーストンのキスは、ペイトンを焼けつくほど熱くさせた。彼にさらに引きよせられると、彼女の足はフロアマットから浮いた。メニューや調味料の容器がばらばらと床に落ちる。

ペイトンはいつの間にかカウンターに寝そべって、上からイーストンにのしかかられていた。彼は舌でペイトンの喉をたどりながら、彼女のシャツの中に手を入れ、ブラごとふくらみを愛撫《あいぶ》した。

バーカウンターの上に横たわって、ペイトンは彼にされていることを楽しんだ。

イーストンを止めたくない。このままジーンズを脱がせてほしい。

けれど、ペイトンはほつれかかった理性の糸を、なんとかつかまえて手繰りよせた。

「やめて」あえぎながら、ささやくように言う。

すると、イーストンが何度もまばたきをして、彼女を見おろした。「すまない。ぼくは――」

ペイトンは指を二本イーストンの唇に当てて黙らせた。「何も言わないで。わたしの上からどいてちょうだい」

深いため息をつき、イーストンが自分の額を彼女の額に押しつけた。「わかった」そして注意深くバーカウンターの客席側に下り、ペイトンは従業員の側へ下りた。

彼女はTシャツの裾を引っぱって下ろし、あわててバーの窓に視線を向けた。見える範囲では、店の外には誰もいないようだ。

それから、イーストンの目をまっすぐ見て言った。

「出ていってちょうだい。お願い」

「だが、店を閉めたら——」

ペイトンは手でイーストンを制した。「あとで部屋へ行くわ。だから、もう行って」

イーストンがまじろぎもせずに彼女を見つめた。その目は頑固そうな揺るぎない光を放っていて、意地でも帰らないつもりではないかと、ペイトンは不安になった。

しかし、イーストンは深いため息をつき、きびすを返して店から出ていった。ペイトンはバーの窓の外を大股に通り過ぎる背の高い姿を見送った。彼はスイートルームの階段がある方角へと足早に去っていった。

彼女はすでにイーストンが恋しくなっていた。

その後、バーにはひとりも客が来なかった。ペイトンは閉店までの残りの時間を、洗い物や掃除をして過ごした。バーカウンターは特に念入りに磨いた。

そして、店を閉めたあとは化粧室へ行って、ピンでまとめていた髪を下ろした。

午前二時二十分、ペイトンはホテルの東翼の階段をのぼった。昨夜とまったく同じようにノックしかけたとき、イーストンがドアを開けた。

「ああ、よかった。来てくれないんじゃないかと心配していたんだ」彼はペイトンを中へ入れてドアを閉めた。

彼女はブルゾンとショルダーバッグをドア近くの椅子の上に置き、イーストンと向きあった。「ふたりがお店でしたことを、楽しまなかったとは言わないわ。だけど、あれは不適切な行為よ」その言葉に、ペイトンは笑いだしそうになった。自分が使うだろうとは夢にも思わなかった言葉だ。

イーストンが、悪さをして反省している小さな子どものようにうなだれた。

「でも、実害はなかったわ」

ペイトンの言葉を聞き、イーストンが顔を上げた。

「本当に？」

「ええ。だから、もう気にしないで」

イーストンが手を差しだした。ペイトンがその手を取ると、彼は奥の寝室へ彼女を連れていった。

ふたりはベッドに並んで座った。「あんなばかなまねはしたことがなかった。ぼくはいつだって、聞き分けのいい兄だったんだ」ペイトンを横目でちらっと見る。

「あなたには弟がいるの？」

「兄弟について語るのは、きみのルールにふれるんじゃないのか？」

「一方だけが打ち明けて、もう片方は口をつぐんだままでいるのは、不公平だわ」

「そうだな。きみにはお姉さんと伯母さんがいると、すでに教えてもらったわけだから」

「実は、もうひとり姉がいて、そちらはポートランドで暮らしているの。あなたの弟さんは、どんな人？」

「愛嬌《あいきょう》があって、女性にもてるが、子どものころから何かというと面倒に巻きこまれていた。いまだにそうだ」

「そして、あなたは？」

イーストンはベッドの上へあおむけになり、ペイトンの手を引っぱって隣に横たわらせた。「ぼくは昔からまじめで品行方正だった。大学を卒業したその夏に、一年のころからつきあっていた恋人と結婚したんだ」

「当ててみましょうか。きっと、東海岸のお高くとまった会員制クラブで披露宴を催したのね？」

「よくわかったね」

「わたしは作家よ。相手の思考を読んで、どういう性格かを見抜くのが仕事みたいなものだわ」ペイトンは彼の手をぎゅっと握った。「すべてにおいて完璧だったのね。国内トップレベルの大学に入って、成績もクラスでトップ。卒業後は、一年生のときからつきあっていた女性を妻にした。ところがどういうわけか、ふたりの結婚生活はうまくいかなくなってしまった……」

イーストンがうなずいた。「妻は生まれ故郷を恋しがったが、ぼくは身内の会社で働いている。そして、仕事にやり甲斐《がい》を感じている。あと五年もすれば、会社を率いる立場に立つだろう。ぼく自身、故郷にあるものを捨てて、ほかの土地へ移るなど考えられなかった」

「奥さんとのあいだに、子どもは?」

「いない」

ペイトンは首を巡らせ、彼の横顔を仔細《しさい》に眺めた。

「でも、真剣に子どもを持とうとはしたのね?」

「ああ。努力した。彼女もだ。だが真剣になればなるほど、夫婦のあいだに何かが足りないことが明らかになって……。ふたりには、ぼくの両親を結びつけているような絆《きずな》が欠けていたんだ。両親は結婚して三十年になるが、いまだにときどき、熱っぽく見つめあっていることがある」

「すばらしいわ」

イーストンがくすくす笑った。「〝どこか別のところでしてくれないか〟と、親に言いたくなるのがかい?」

「ええ、そうよ。あなたのご両親、すてきだと思うわ。人生の山や谷をふたりで乗り越えてきたんでしょうね。運命の糸で結ばれているんだわ。そんなご両親に恵まれたあなたがうらやましい。わたしの境遇とは大違いよ。母は一度だけ結婚したことがあって、その相手がいちばん上の姉の父親なの」

「つまり、お母さんの結婚は続かなかったということかい?」

「母が浮気したの。気の毒な夫の心はひどく傷つき、何もかも捨てて出ていってしまった。その後、母は二度と結婚しなかったわ。すぐ上の姉は、自分の父親のことをよく知らないの。姉がまだ小さいときに亡くなってしまったからよ。だけど少なくとも、その人は姉を気にかけていて、認知してくれたわ」

「それで、きみのお父さんは?」

「一度も会ったことがないわ。どこの誰かもわからない。母の説明はその都度、ころころ変わったの。子どものころのわたしは、父親が捜しに来てくれるのをずっと待っていたけど、結局、誰も現れなかったわ」

「お母さんはお父さんについて、何も教えてくれなかったのか?」

「ええ。いずれにしろ、話を聞く機会はそれほどなかったわ。母は家にいたり、いなかったりだったから。ときには数カ月間、まったく音沙汰なしのこともあったの。そしてわたしが十歳のときに、肝炎で亡くなったわ」


イーストンが姿勢を変え、ペイトンのほうを向いて手で頭を支えた。ペイトンも同じ姿勢で彼と向きあった。ふたりはそのまま、しばらく見つめあっていた。

「つらい子ども時代だったんだね」

「ええ。でも幸い、わたしとふたりの姉には伯母のマリリンがいたわ。伯母はずっと自分の赤ちゃんを欲しがっていたのに、結局、授からなかった人なの。だから、みんなでいっしょに暮らすことができて、お互いに運がよかった」

イーストンが顔を近づけ、ふたりの唇が重なりあった。ペイトンは、永遠にでもここでこうして寝そべっていられると思った。

「おとなになってからのことを教えてくれ。真剣につきあった相手はいた?」

「恋人は二、三人いたわ。だけど、やっぱりわたしは母の娘ね。男の人とは気軽に楽しくつきあいたいほうなの。でも、母より責任感はあるつもりよ。だから子どもを持たずに、一生独身でいたいと思っているわ」

「ほかの誰よりも独立独歩の女性なんだね？」

ペイトンは低く笑った。「あなたは、わたしとは正反対の人みたいね」

「ああ。ぼくは女性とつきあうときはいつも――」

「ひとりの相手と長く続いた？」

「そう。中学校でひとり、高校でひとり――」

「そして、大学で出会った相手と結婚した」ペイトンは彼の代わりに締めくくった。「もしかして、初体験の相手は高校のときの彼女？」

「ああ」イーストンの目が陰った。「きみの初体験について、尋ねてもかまわないかな？」

「もちろん。わたしの初体験は十六歳のときで、相手はカイルという人よ。彼とはいまでも友達なの」

「ぼくはカイルが大嫌いになった」

ペイトンは笑った。「彼のところも農場なの。うちの近所よ。養蜂に力を注いでいるわ」

イーストンが喉の奥で低くうなった。「カイルのことはもうこれ以上、聞きたくない」

「独占欲ってやつ？」

「そのとおり。気をつけてくれ。ぼくがきみに対して真剣になるのは、ひどく簡単だろうから」

「心配無用よ。わたしが目を光らせているから、そんなことにはならないわ」

「そうだな」彼が悲しげに言った。「ふたりがいっしょにいられる時間は限られている。その時間を精いっぱい有効に使わないと」

それからの一時間、ペイトンは外の世界のいっさいを忘れて過ごした。夜明け前にはくたくたの体で家へ帰り、農場の山羊《やぎ》や鶏に餌をやらなくてはならない。けれど、イーストンの腕の中にいるときだけは、日々の現実を頭から追い払うことができた。ふたりのあいだに働いているこの魔法に夢中になり、イーストンの手の感触やキスの味、そして肌のにおいにひたすら溺れることができた。

時間はあまりにも早く過ぎていった。午前四時、ペイトンは前日と同じように、暖かい毛布から抜けだして服を身に着けた。ベッドの縁に腰かけ、靴下をはきながら、彼女は言った。「帰る前に、ふたりのルールについて話しあう必要があるわ」

イーストンの手がペイトンの肩をつかみ、彼女をあおむけに転ばせた。ペイトンの頭が男らしい腿の上にのる。

イーストンが細くした目で彼女を見おろした。

「バーのことだね?」

ペイトンはうなずいた。「もちろん、あなたは来たいときにバーへ来ていいのよ。ホテルのお客さんですもの」

「でも?」

「イーストン、わたしたちは店内でいちゃいちゃするわけにはいかないわ。ミッジがいつ現れるかもしれないのよ。わたしはバーの――」

「バーのしけた仕事を失うわけにはいかない。覚えているよ」

その言い方はペイトンの神経にさわった。イーストンは裕福な人だ。衣服も、腕時計も、髪型も、彼にまつわるものはすべてひかえめだが、じゅうぶんな金銭的余裕があると伝えている。

「ええ、そうね。一部の恵まれない人たちは、しけた仕事を続けるしかないのよ」彼女は体を起こして、立ちあがった。

「ペイトン」

「もう行かないと」しかし三歩進んだところで、イーストンの腕が体にからみついた。

「ごめん」

「あなた、ゆうべもこうやって、出ていこうとするわたしを引きとめたわ」

「ああ。きみが帰ろうとしているのを見ると、ぼくの中のいやな面が顔を出すんだ」イーストンが細い両肩に手を置いて、ペイトンを彼のほうへ向かせた。

「ぼくを見て」

彼女はしぶしぶ目を上げた。

「今後は、バーに長居しない」

「ありがとう」ペイトンは彼から離れようとした。だが、イーストンは彼女の肩を放さなかった。

「今夜もここへ来てくれるかい？」

「ええ」ペイトンは彼にキスをした。どうしてそうせずにいられるだろう？

イーストンが彼女の首筋を鼻でなぞった。温かい吐息が彼女の耳をくすぐる。「きみの休日はいつだ？」

「わたしに暇な時間はあまりないの」

「お願いだから、質問に答えてくれないか？」

ペイトンはあきらめてきかれたことに答えた。

「日曜日と月曜日がお休みよ」

「その二日間を、ぼくと過ごしてくれ。どこかへ行こう。遠くへ行くのがいやなら、景色のいいフッド川沿いとか、ポートランドでもいい。ふたりきりで丸二日間、羽をのばすんだ。ハイキングをするのもいいな。時間を気にせず、ふたりきりの休日を楽しもう」

首を縦に振ってはいけない。休日にはできるだけ原稿を書き進めたいし、農場はいつだっていそがしいのだから。

「考えるのをやめるんだ」イーストンが命じた。

「あら、じゃあ、あなたは頭がからっぽの女性が好きなの？」

「話をそらすのもやめてくれ。ぼくたちは一週間という時間を最大限に活用しなくては。どうかイエスと言ってほしい……」

ペイトンは鼻の頭にしわを寄せた。「わたしって、どうしてあなたにノーと言えないのかしら?」

「それはイエスかい? そうなんだね?」

「ええ、イエスよ」

金曜日の夜、イーストンは約束どおり夕食のためにバーへ来て、食事がおわるとすぐ帰っていった。ペイトンは閉店後に彼の部屋へ行き、夢のような二時間を過ごした。

土曜日、イーストンはどこか別の場所で夕食をすませたらしく、バーには姿を見せなかった。けれど、店を閉めたペイトンがスイートルームへの階段をのぼってゆくと、彼はちゃんと部屋で待っていた。彼女はイーストンの腕の中に飛びこんで三度求めあい、その後はしばらくベッドの上で話をした。

イーストンにさよならを言うと考えるのさえ、日に日にペイトンはつらくなっていた。


日曜日、ペイトンは農場の朝の仕事をすませてから伯母のマリリンの家へ行き、すぐ上の姉といっしょに朝食をごちそうになった。日曜日に集まってとる朝食は、三人にとって家族の習慣のようなものだった。

居心地のよい伯母の家のキッチンは、ペイトンが子ども時代にほとんど毎朝、朝食をとっていた場所だ。

伯母特製のフレンチトーストをおなかいっぱい食べたあと、ペイトンは三人分の皿を流しへ運び、全員のマグに二杯目のコーヒーを注《つ》いだ。

席へ戻ると、姉のジョージーが長いブロンドのカーリーヘアを顔からかきあげ、おもむろに尋ねた。

「あなた、どうかしたの? なんだか、疲れきっているみたいだけど」その言葉に相づちを打つように、姉の飼っている雑種犬のティンクがテーブルの下で大あくびをした。

「実は、そのことで話があるの」ペイトンはコーヒーをひと口飲んだ。「わたし、ある男性と出会っていて……」

ジョージーが含み笑いをもらした。「なるほどね」伯母があからさまにうれしそうな顔をした。「すてきな出会いがあって、よかったわね」

「真剣な間柄じゃないのよ。相手の男性は木曜日まででしか町にいないの」

ジョージーはコーヒーのマグを妹に向かって掲げた。「どんな瞬間も楽しみなさい」

ペイトンはつぶやいた。「もうとっくに……」

するとと、姉がため息をついた。「誰かさんは運がいいこと。相手の名前は?」

「イーストン」

「イーストン、何?」伯母が畳みかける。

「ただのイーストンよ。実はね、今日と明日の二日間、わたしが彼と出かけてしまっても、伯母さんたちが気にしないでくれるとうれしいの」

伯母と姉が顔を見あわせてにんまりした。「いってらっしゃい」そして声をそろえて言った。

けれど、マリリンがふと眉をひそめた。「そのイーストンって、おかしな人じゃないでしょうね?」

「大丈夫よ」ペイトンは躊躇《ちゅうちょ》なく請けあった。

「姓を知らなくても?」

ジョージーが横から言った。「せめて、ふたりでどこへ行くかくらいは教えてね。あと、目的地へ着いたら、わたしたちに電話して」

無論、ペイトンはそうするつもりだった。二日間の計画は、昨夜イーストンといっしょに立ててあった。「遠くへは行かないわ。フッド川沿いあたりを観光して、ユージーン通りの〈チェリートゥリー・イン〉っていう小さなホテルに泊まるつもりよ」

「すてきね」伯母が満面に笑みを浮かべた。

ジョージーがうなずいた。「着いたら、電話するのだけ忘れないで」

　ペイトンが古いピックアップトラックを運転して〈チェリートゥリー・イン〉に到着したとき、イーストンはもう黒いスポーツカーに寄りかかって彼女を待っていた。

　車を降りたペイトンは、イーストンに走りよった。彼は笑顔でペイトンを抱きしめ、時間をかけて彼女にキスをした。

　そして、ふたりはホテルのスイートルームに落ち着き、大きなベッドで心ゆくまで再会を楽しんだ。

「腹がすいたかい？」正午過ぎに、イーストンが尋ねた。

　ペイトンはまず約束どおりジョージーに電話し、スイートルームの部屋番号を伝えた。それから、ふたりで出かけて、川沿いのレストランで昼食をとった。その後は、町で買い物をした。ペイトンは伯母へのおみやげに手作りのネックレスを買い、ジョージーにはイヤリングを買った。ポートランドで弁護士をしている、いちばん上の姉のアレックスには、書店でルース・ギンズバーグ判事の伝記を買った。

　空は晴れて意外なほど暖かく、過ごしやすい一日だった。ふたりはホテルへ戻ると、万年雪に覆われたフッド山の眺めを楽しみながら、中庭《パティオ》でワインを飲んだ。

　その夜、ふたりは何時間もかけて体を重ねた。翌日は朝九時までたっぷり眠ってから手早く朝食をすませ、車で三十分ほどのところにあるハミルトン山へ行き、ハイキングを楽しんだ。イーストンは、山を背景にポーズを取るペイトンを何枚か写真に撮った。

　夕食は、コロンビア川沿いの小さなイタリアンレストランでとった。その日の夜遅く、ふたりはホテルのベッドで、長年いっしょにいる男女のように寄り添ってテレビで映画を観《み》た。

ペイトンはイーストンの肩に頭をあずけて、あと三日したら彼は遠くへ行ってしまうのだと考えた。でももしかすると、帰っていく場所はハートウッドからそれほど遠くないのかもしれない。きっと答えは永遠にわからないのだ。

ペイトンは、それまでよりもさらにぴったりとイーストンに体を押しつけた。彼がいなくなったときのことを考えると、すでに寂しくなっていた。

わたしったら、ばかみたいだわ。イーストンはいま、同じベッドにいるじゃないの。

人生の目標について、彼女は心の中であらためて自分にお説教した。男性に惑わされないと誓ったのは、みずからの未来のためでしょう?

それに、イーストンもわたしと同じように考えているはずだ。出会いの時期というのは重要で、いまはどちらの側にとっても、新たな関係をはじめるには最悪のタイミングと言っていい。

突然、イーストンがテレビの音を消した。「どうかしたかい?」

「え?」

「さっきから、きみは映画を観ずにうわの空だった。何か気になることでもあるのか?」

ペイトンは迷った。思いきって、イーストンに本当のことを言うべきだろうか? あなたに夢中になってしまったから、次の木曜日にさよならを言いたくない、と。

いいえ、やっぱりだめよ。〝ふたりは本物の愛を見つけて、末永く幸せに暮らしました〟なんて結末は、おとぎばなしの中にしか存在しないわ。

ペイトンはイーストンを引きよせ、みなぎりかけた彼の欲望のあかしに指をからめた。「いまは、とりたてて映画を観たい気分じゃなかったの」

イーストンがふたたびリモコンを取りあげ、今度はテレビ自体を消した。「だったら、どんな気分なんだい?」

「詳しく教えてあげる……」

火曜日の朝、イーストンはまだベッドにいるペイトンにキスをして別れを告げた。「ゆっくりしているといい。チェックアウトの手続きは、ぼくがすませた。三十分早く先に出発させてくれ。いっしょに発《た》つと、きみの跡をつけて、家の場所を知りたくなる誘惑に駆られそうだ」

ペイトンはイーストンを抱きよせ、もう一度キスを求めた。彼が禁じられたふたりの未来に気持ちをそそられていることが、心ならずもうれしかった。

農場へ帰ったペイトンは、姉の愛犬のティンクに出迎えられた。伯母も、おかえりを言うためにコテージから出てきた。「楽しかった?」

「最高だったわ」

「きくまでもなかったかしら」伯母がにこにこしながら言った。「あなた、目が輝いているし、頬もばら色よ。愛しあう若者たちね。ああ、すてき……」

ペイトンは何も言わずにほほえんだ。

その夜と次の日の夜は、あまりにもあわただしく過ぎ去った。木曜日の午前四時に、ペイトンとイーストンは最後の別れを告げた。

ペイトンは大きなベッドから出て、服を身に着けた。イーストンは何も言わず、体を起こして枕に寄りかかり、身支度する彼女を見つめていた。

ペイトンはベッドの縁に腰かけて靴下と靴を履きながら、笑顔でいるのよと自分に言い聞かせた。

ついに立ちあがり、彼を振り返る。「それじゃあ、わたし……」その先何を言ったらいいのか、彼女にはわからなかった。

イーストンは体から上掛けをはぎ、ベッドわきの敷物の上に立った。そして、両手でペイトンの肩をつかんだ。

イーストンの唇が近づいてきた。ふたりはこの一週間で、千回はくちづけを交わしただろう。けれど何回キスをしようと、唇が離れればすぐにまた次のキスが欲しくなった。

彼はペイトンの唇を歯でとらえ、血がにじむほどきつく噛《か》んだ。彼女はその痛みにたじろぎもしなかった。

「もうこんなばかなことはやめよう。きみの電話番号を教えてくれ」イーストンが陰鬱な口調で言った。

奇妙なことに、ペイトンは言葉の意味がわからず、困惑しながら彼を見あげた。「なぜ?」

「なぜだと思う?」

「イーストン、やめて。お願いだから――」

「またきみに会いたいんだ。これでおわりにしたくない」

「だけど、これでおわりなのよ。そう決めたでしょう?」

「決めたから、なんだっていうんだ。この先ずっと、きみはいまどこでどうしているかと悩みながら暮らすなんてまっぴらだ」

「そのうち、思い出は薄れるわ」

「よしてくれ」

「だけど、ふたりとも同じ考えだったでしょう? いま新しい相手とつきあいはじめるのは、あまりいいことじゃないって」

「新しい? そんなふうには感じない。これは……本物だと思う」

「イーストン、あなたとは出会ってまだ一週間よ。すばらしい一週間だったけど、わたしがあなたと関係を持つ気になったのも、期間が決まっていたからなの。あなただって冷静になれば、きっとわたしと同じだと気づくわ」

「そんなことはどうでもいい」イーストンがみじめさと反抗心をむき出しにして言った。「このまま別れたら、ぼくたちはきっと後悔する」

「だけど、会いつづけるのはよくないわ。あなた、自分で言ったのよ。妻との離婚が成立したばかりだって――つまり、独り身になったのは十日くらい前ってことでしょう？　わたしはいま二十三歳で、しばらく前にようやく本当にしたいことがわかったの。せっかく目標に向かって努力しているのに、注意をそらされるのはごめんだわ」

　イーストンの口元がゆがんだ。「ぼくはきみの気持ちを乱す邪魔者ってことか？」

　ペイトンは懸命に訴えた。「タイミングは大事よ。いまが、ふたりにとってどういうタイミングだと思うの？」

　たじろいだイーストンが、彼女の肩をつかんでいる手の力を緩めた。「その点はきみの言うとおりだ。タイミングが理想的でないことはわかっている」

「わたしたちはこのまま別れるべきよ。最初から、そういうことで同意していたんだもの。それがいちばんだわ」

　イーストンがペイトンの肩から手を離した。「いいだろう」口調には抑揚がなかった。まさに、ペイトンが彼に言ってほしいと願った言葉だった。けれど、それならなぜ彼が引きさがったせいで、こんなにも胸が痛むのだろう？

　ペイトンは無理をしてほほえんだ。イーストンが応えるようにほほえむと、闇に閉ざされていた彼女の内側に一条の光が差した。「人生最高の一週間だったわ」

　イーストンがゆっくりとうなずいた。「きみに会えなくなったら、きっと寂しい思いをするな」

　ペイトンはブルゾンを着た。けれどどうしても〝さよなら〟のひと言を口にして、部屋を出ていくことはできなかった。「だけど、あの、未来がどうなるかなんて誰にもわからないでしょう？　いつか、あなたはハートウッドへ戻ってくるかもしれない」

イーストンが笑った。その笑い声に楽しそうな響きはこもっていなかった。「だが、どうやってきみを見つければいい？」

「ここは小さな町だもの」

「ペイトン、ぼくは――」

彼女はゆっくりとかぶりを振って、イーストンを制した。「だめよ。お願い、言わないで。完璧な一週間だったわ。どの瞬間も楽しかった」

「ちくしょう、なんてことだ。ぼくも楽しかった。そして――」

「それ以上は言わないで。おわりにしましょう」ペイトンはあとずさりをしてドアに近づいた。「行かせてちょうだい」

「わかった」イーストンがわびしげに言った。

ペイトンはスイートルームのドアを開けた。そして、最後にもう一度だけ彼を振り返った。「でも、人の運命なんてわからないわ。もしかすると、ふたりは――」

「もう行ってくれ」きっぱりとした言い方だった。

イーストンの言うとおりだ。すでにわたしは自分のルールを振りかざして、彼をさんざん傷つけた。

ペイトンは階段の踊り場へ出ると、ドアを閉めた。そして十かぞえるあいだ、その場に立ち尽くしていた。イーストンがもう一度内側からドアを開けたら、わたしはその胸に飛びこんで、やっぱりこれでおわりにはできないと認めてしまうだろう。

けれど、ドアは開かなかった。

ペイトンはブルゾンのファスナーを上げて、バッグを肩にかけ直し、階段を下りはじめた。

4

六カ月後……。

ワイルドローズ農場の自宅の寝室で、ペイトンはまだ何も書かれていない革の日記帳から顔を上げた。

窓際の小さなテーブルの前に座ると、前庭で咲き誇っているばらの花がよく見える。開いた窓からは、ほのかに甘い香りが彼女のところまでただよってきた。

小道の向こう側には伯母のマリリンのコテージがあって、その玄関マットの上では犬のティンクが気持ちよさそうに眠っている。コテージのさらに向こうはピンクや白の花が咲き乱れるチェリーと梨とりんごの果樹園で、遠くにはてっぺんに雪をかぶったフッド山が見えた。

おなかを内側から軽く蹴られ、ペイトンは大きな丸みに手を当てた。「あんまり暴れないで、坊やたち。外の世界へ出られるのは、まだ何カ月も先の話よ。あなたたちが元気なのはうれしいわ。だけど、ママのおなかを四六時中、蹴りつづける必要はないでしょう？」

ペイトンは、開いたままになっているテーブルの上の日記帳に視線をさまよわせた。今日は『氷と影の領主』を少なくとも、二章分は書きあげなくてはならない。

そしてそちらに取りかかる前に、この白紙の日記帳を文字で埋めなくてはならなかった。

ペイトンはペンを取り、白い紙にまず挨拶の言葉を書いた。〝親愛なるイーストン……〟

悲しみが胸にこみあげた。彼女はペンを投げだし、両手に顔をうずめたくなった。けれど、泣いたところでどうにもならない。この日記帳を買ったのも、万策尽きて、ほかにできることを何ひとつ思いつかなかったせいなのだから。

もうずっとここに座って窓の外を眺めているけれど、ひらめきはまったく訪れない。どこから書きはじめていいのかすらわからない。だからただペンを取り、この白紙の日記帳を罪の意識の告白と、謝罪の言葉で埋め尽くすことにする。

そうよ、わかっているの。あなたに連絡を取る方法がないのは自業自得だって。ルールを曲げることを繰り返し拒んだのは、わたしだったわ。直前まで〝ルールは破るためにある〟とうそぶいていた放蕩《ほうとう》娘が、突然、まさしく最悪のタイミングで意地っ張りになっちゃったわけ。

どうしてもっと頭を働かせなかったのかしら？わたしは作家の卵だっていうのに。作家とは、運命は皮肉なものと心得ている人のことでしょう？

白状するわ。わたしは妊娠しているの。いま六カ月で、すでにおなかがすごく大きいわ。理由は、おなかの中にいるのが双子の男の子だから。ええ、あなたの息子たちよ。わたしはあなたを捜すために力を尽くしたわ。本当よ。だけど、手がかりがまったくなかったの。

ああ、イーストン。ばかな自分には、あきれてものも言えないわ。あなたと子どもたちを引き離すつもりは毛頭ないの。もしもあなたがこの文章を読んでいるなら、それはつまり、わたしがとうとうあなたを見つけたということね。わかってちょうだい。母がわたしに対してしたことを、あなたと子どもたちにするつもりはまったくなかった。息子たちにはかならず言って聞かせるわ。あなたはすばらしい人で、連絡が取れない原因は、すべてわたしにあるんだって。

何度でも言うわね。本当にごめんなさい。謝ってもどうにもならないことはわかっているの。これほどの過ちの前では、謝罪の言葉はなんの意味もないわ。いくら謝ったところで、あなたと子どもたちが生涯、お互いに会えないかもしれない現実は変えられないんだから。

妊娠がわかったあとは、ミッジに助けを求めるよりほかなかったわ。あなたを見つけるには、彼女が最後のたのみの綱だった。

一月になってとうとう、わたしはミッジと話す覚悟を固めたの。そのころは妊娠三カ月で、まだホテルのバーで働いていたわ。わたしは彼女のところへ行き、事情を打ち明けた。あなたと一週間だけつきあい、いまおなかに赤ちゃんがいる、と。宿泊客の記録を見せてほしいと懇願したわ。

覚えている？　ミッジはわたしのことが大嫌いらしいって話したのを。やっぱり、わたしの勘は間違っていなかったわ。彼女は避妊についてお説教をはじめたのよ。だけど、わたしはひと言も言い返さなかった。だって、〝わたしたちは毎回避妊具を使ったけれど、その中のどれかが破れていたらしい〟とミッジに言ってなんになるの？

わたしはただうつむいて、彼女のお説教を聞いていたわ。

そのあとで、ミッジはこう言ったの。宿泊客の個人情報を他人に教えるのは法律違反だって。たとえ違反でなかったとしても、わたしに教えるつもりはないって。

わたしはそれ以上我慢できなくなって、前から思っていたことを残らず彼女に言ってしまったの。とても見苦しい結末になったわ。

ミッジはその場でわたしを首にした。

そういうわけで、ミッジをたよる作戦は大失敗よ。SNSでも捜してみたけれど、あなたは見つからなかった。驚くに値しないわね。姓も、職業も、住んでいる場所もわからないのに、どうやってあなたにたどり着くの？

私立探偵も雇ったわ。だけど、写真すらないのでは、大したことはわからないだろうと最初に言われてしまった。そして、そのとおりの結果になったわ。せめてハイキングへ行ったときにあなたが撮ったふたりの写真を、送ってもらえばよかった。でも、頑固にメールアドレスを教えなかったのも、わたしだった。

とにかく、全部わたしが悪かったのよ。あのときのわたしは、あり得ないほど意固地になっていたの。

けれどいまになってみれば、わたしのしたことはとんでもなく愚かで、軽率で、無責任だった。あなたは懸命に、最後のチャンスを与えてくれていたのに。

そのチャンスを棒に振って、わたしはあなたの部屋を立ち去ってしまった。

だから、この日記帳を買ったの。あなたの息子たちの日々の姿を記録するために。できるだけ頻繁に書くと約束するわ。あなたと再会したときに、せめて子どもたちの成長の記録を手渡したいの。ええ、わたしはあなたとの再会をあきらめていない。

日記程度ではじゅうぶんじゃないのはわかっているわ。だけど、あなたが子どもたちのことを知る手助けになればと思うの。とはいえ、わたしたちは一週間しかいっしょにいなかったから、あなたに子どもを気づかう気持ちがあると、勝手に思いこんではいけないのかもしれないわね。

でも、わたしには確信があるのよ、イーストン。あなたは子どもたちを愛してくれる、という確信が。この日記帳をあなたに手渡す日が、早く訪れますように……。

さらに四年半後……。

ウェストンから電話がかかってきたのは、ちょうどイーストンが荷ほどきをはじめたときだった。

「ちゃんと到着したか確かめたくて」双子の弟が言った。

イーストンはブルートゥースのイヤホンを耳につけ、スーツケースのひとつからTシャツを出した。スーツケースは全部で五つあった。これから数カ月間は、オレゴン州ハートウッドとワシントン州シアトルを行ったり来たりして過ごすことになる。今回の買収は、彼が〈ライト・ホスピタリティ〉の最高《C》経営《E》責任者《O》になって初めての大きな仕事だった。なので、その進展にはみずから目を光らせるつもりだった。「さっき着いたところだ。いま、荷物をほどいている」

「道中に問題はなかったか？」ウェストンがきいた。

「何事もなかった」イーストンはシアトルからここまで、愛車のＢＭＷを運転してきていた。

「借りた家はどんなだ？」

「買収したホテルから、車で五分のところだ。広々しているし、近くに川が流れていて眺めもいい」

「じゃあ、不満はないわけだな？」

「ない。明日の朝一番に設計と施工のチームと会議をおこなう予定だ」

「とうとう大きな夢がかなうわけだな」弟が言った。

〈ハートウッド・イン〉を買収し、〈ライト・ホスピタリティ〉の傘下に入れるのは、イーストンが長いこと実現できずにいた計画だった。五年前、当時ＣＥＯだった兄弟の父親と取締役会は、イーストンの提案を見送る決断を下した。しかし、イーストンが会社の舵取《かじと》りをすることになったいま、とうとう取締役会もこの計画に賛成したのだった。

イーストンは衣服をクローゼットへ移しながら、翌日の会議の要点について弟と話しあった。

「だったら、総じて波乱はなさそうだな」ウェストンが話を締めくくった。

「あるわけがない」

「いや、わからないぞ。もしかすると誰かと再会して、焼けぼっくいに火がつくかもしれない」ウェストンが双子の兄をからかった。四年前のある夜、イーストンはウィスキーでしたたかに酔ったあげく、弟にペイトンのことを打ち明けた。ふたりで過ごした忘れられない一週間のこと。別れた半年後に、彼女を捜してふたたびハートウッドを訪れたときのこと。その際、彼はペイトンが別の男と結婚し、町を出ていったと教えられた。

「前に言っただろう。彼女はもう結婚して、ハートウッドにはいないんだ」イーストンは言った。

「だが、あれから何年もたっているじゃないか。離婚していたっておかしくない。そして離婚したら、故郷へ帰る人もいる」

弟が何を言いたいかは、はっきりしていた。イーストンの別れた妻は離婚後、生まれ故郷のニューヨークへ帰った。それから、しばらく前に再婚したそうだ。「聞いたふうなことを言うなよ、弟のくせに」

ウェストンはイーストンより、十一分遅くこの世に生まれた。なので、イーストンはいまだにそのことで弟をからかって楽しんでいた。

「どんな可能性だって考えられると言ってるだけじゃないか。これから二、三カ月はハートウッドの町をうろうろする機会が増えるんだろう？　何があっても不思議じゃない」

イーストンは電話を切ってから、荷ほどきをおわらせた。そして、不動産会社が家の借り手のために用意した、ぎっしりと中身が詰まった冷蔵庫からビールを一本手に取り、夕暮れのテラスへ出た。

ペイトン……。

彼女を忘れられないぼくが、どうかしているのだろうか？

こんなに年月がたったあとでも、イーストンはペイトンのことを考え、彼女とのキスや、冗談に笑ったときのことを思い出せた。いまでも想像せずにはいられない。五年前に、いまいましいルールなど忘れてしまうよう、ペイトンを説得できていたらいったいどうなっていただろう、と。

「ママ」小さい手がペイトンのセーターの裾を引っぱった。彼女はセロリとにんじんの入った袋を、客に手渡しているところだった。五月から十月末までの毎週土曜日、ハートウッド土曜市場でワイルドローズ農場の農作物を売るのは、ペイトンの役目だった。

ペイトンは息子に〝めっ〟という視線を向けてから、女性客に笑顔で向き直った。そして農場の名刺を一枚、差しだした。「今日が今シーズン最後の土曜市場です。でも、インターネットでわたしたちの農場のサイトにアクセスしてみてください。インターネット上で野菜を注文できますし、お電話でも受けつけています」

客が名刺を受けとった。「すてきだわ。ありがとう」

「ママ……」客が離れていくと、ペンがもう一度母のセーターを引っぱった。

「なぁに、ペン？」

「ばあ！」そのとき、ベイリーが野菜の並んだテーブルの下から飛びだした。

ペイトンは両手を広げて驚いてみせた。「きゃあ、びっくりした！」それから声を落として、子どもたたちに言った。「ねえ、あなたたち、ちゃんと聞いて。ママはいま、お仕事してるの。だから、ここにいてね。でも、ママの邪魔はしちゃだめよ」

ペンがつぶらな瞳で母親を見あげた。「カイルのところへ行ってもいい?」

「おーねーがーい」ベイリーがねだる。「カイルはいいって言ったよ」

カイル・ハックストンの蜂蜜売り場のテントは、ワイルドローズ農場のテントから売り場四つ分離れたところにある。双子の息子たちをカイルのもとへ行かせたら、母親の目が届かなくなってしまうだろう。それに、カイルだって蜂蜜を売りに来ているのだ。生まれたときからの親友で、一年半前の一時期婚約者だった男性は、子守りをする目的で市場にいるわけじゃない。

「カイルだって、お仕事しているのよ」ペイトンはふたりの息子たちの目を順番に見つめながら言った。「お願いだから、ここにいてちょうだい」

「だけど、カイルはいいって言ったもん!」ベイリーが言い張った。息子たちはカイルが大好きなのだ。

「いつカイルがいいって言ったの?」

「いまだよ」ペンが答えた。「そこにいるよ」

見ると、ペンの言葉どおり、カイルがすぐそばに立っていた。ペイトンは客の応対をしていたせいで、カイルが息子たちと話していたことにまったく気づいていなかった。土曜市場の日は文字どおり、体がふたつあっても足りないくらいいそがしいからだ。

「こんにちは、カイル……」

「やあ、ペイトン。うちは今日、親父《おやじ》と来ているから、ぼくは手が空いているんだ」カイルが双子に加勢した。「シーズン最後の土曜市場じゃないか。よろこんで子どもたちをあずかるよ」

ペンとベイリーがぴょんぴょん飛び跳ねだした。

「お願い、ママ……」

「カイルがいいって……」

「静かになさい」ペイトンは厳しく言った。ふたりとも、いまはまだ犬のティンクと同じで、きっぱりした口調で命令されたときにいちばんよく言うことを聞く。

ふたりが飛び跳ねるのをやめて、期待に満ちた、父親そっくりの青い瞳でペイトンを見あげた。

ペンがきまじめに言った。「お願い、カイルといっしょに行ってもいい？」

彼女はうなずいた。「ええ、いいわ。カイルに、ありがとうって言いなさいね」

「ありがとう、カイル！」ふたりが声をそろえて叫んだ。

ペイトンは友人を振り返った。「恩に着るわ」

彼が肩をすくめた。「いいって。友達だろう？」

そして、双子に手招きをした。「さあ、ふたりとも、うちの親父の様子を見に行こう」

絶え間なく飛び跳ねながら、しゃべりつづけるふたりの子どもを連れて、カイルは自分の売り場へ戻っていった。

去っていく三人の姿を見送ったペイトンは、少し切なくなった。息子たちはまだ四歳だけれど、父親のような存在を求めていることはなんとなくわかる。

そのせいで、彼女は迷いながらもカイルとの婚約に踏み切ったのだ。心が広くてたよれる人だから。

けれど、ペイトンとカイルは夫婦として結ばれるべき男女ではなかった。

いまのカイルにはオルガがいる。彼は恋人を深く愛していた。

それからの三十分はあっという間に過ぎた。ペイトンは農場で採れた野菜を売り、お客たちとおしゃべりをしながらも、頭のすみではイーストンのことを考えていた。それでも、彼への思いは手放さなくてはならないものだ。二度と会えそうにないのだから。子どもたちは父親の顔を知らずにおとなになるという現実を、わたしはそろそろ受け入れなければならない。

「ありがとう、ペイトン」ピーマンと冬かぼちゃの入った袋を受けとって、デリア・モートンが言った。デリアは目抜き通りにあるレストランの経営者で、電話でも定期的に大量の注文をくれるお得意さまだ。

「伯母さんはお元気かしら？」

「ええ、元気はつらつって感じ」

「よかったわ。本のほうはどんな具合？」デリアが誇らしげに尋ねた。町のほかの住民たちのように、彼女も地元の人間が出版界でちょっとした成功を収めたことをよろこんでくれていた。

「ちょうど新しい本を書きはじめたところなの」

「タイトルは何？」

「出版までには変更になるかもしれないけれど、いまのところは『翡翠《ひすい》と悲しみの女王』よ」

レストランの経営者が眉根を寄せた。「悲しいお話みたいね」ペイトンの担当編集者もそこを危惧していた。ということは、タイトルが変更になる可能性は大きそうだ。

「悲しい部分もたしかにあるわ」

「でも、わくわくするお話なんでしょう？　戦いの場面があって、半人半馬のセクシーな弓の使い手とかが登場するのね？」

「ええ、期待して」

「それに、ロマンスもある？」

「もちろんよ、デリア」

「その言葉が聞きたかったの。それで、ジョージーはどんな様子？」デリアの顔に堅苦しい微笑が浮かんだ。ペイトン自身やその母親のように、ジョージーもいま、身のまわりに男性の姿がないのに妊娠している。けれど、ペイトンの姉の妊娠は不測の事態ではなかった。ジョージーは人工授精で妊娠することをみずから選択したのだ。

「ジョージーはいつもどおりよ。伯母とわたしの三人で農作業を分担しているわ」

「体が体だから、あまり無理させちゃいけないわ」

ジョージー・レクレールはいつだって無理をして、いそがしく働いている。獣医である彼女は農場の手伝いをしながら、パートタイムでハートウッドの動物病院に勤務していた。「姉なら元気よ。心配いらないわ」

「それならいいけど……」デリアがさらに何か言いかけたとき、片手にキャベツ、もう一方の手にブロッコリーを持った別のお客が、背後で盛大なため息をついた。デリアが子どものようにくすくす笑った。

「ごめんなさい。ついおしゃべりに夢中になってしまって……。それじゃあね、ペイトン」

ペイトンはレストランの経営者にもう一度お礼を言ってから、次のお客の相手をした。


その後、ようやくお客の流れが途絶えたときには、もう二時半になっていた。土曜市場が終了するのは三時だ。ペイトンは野菜の入っていた空き箱を重ね、店じまいの準備をはじめた。

何が注意を引いたのかは、よくわからない。ペイトンは誰かに見られているような、奇妙な感覚に襲われた。木箱を下へ置き、青空市場を歩いている人たちに目を向けた。

イーストンがいる。

ペイトンは何度かまばたきをした。鼓動が速くなる。もちろん、わたしの目の錯覚に違いない。

彼女は目を細くして、イーストンのように見えた男性を凝視した。

目をこらしても、男性が別の誰かに変わってしまうことはなかった。

黒いジーンズにクルーネックのTシャツ、黄褐色の革のジャケットを着た彼は、ワイルドローズ農場のテントと、向かい側にあるアクセサリーの屋台の中間あたりに立っていた。息子たちそっくりのまなざしが、ペイトンにまっすぐ注がれている。

まさか。そんなはずはないわ。

彼女はまぼろしを追い払うために目を固く閉じた。けれど、もう一度まぶたを開けても、イーストンの姿はまだそこにあった。

そればかりか、彼はこちらに向かって歩きはじめた。

ペイトンはめまいに襲われた。このままでは気を失ってしまいそうだ。彼女はゆっくりと深く息を吸った。それを二、三度繰り返すと、しだいにふらふらする感覚は遠のいた。

「大丈夫かい？」イーストンがペイトンのまん前に来て尋ねた。ふたりのあいだを隔てるものは、売り場のテーブルただひとつ。彼の金褐色の眉は心配そうにひそめられていた。

「だ……大丈夫よ、本当に！　ただ、あの、あなたを見て驚いたの」イーストンは見惚《みほ》れてしまいそうなほど男らしくてハンサムだった。記憶にあるとおりだ。違いは少し年を取って、目の横にうっすら笑いじわが現れているくらいだろうか。

彼がペイトンから目をそらさずに言った。「久しぶりだね」

「ええ」とても現実とは思えない。ペイトンは手をのばしてイーストンのたくましい肩にふれ、現実かどうかを確かめたい気持ちに駆られた。「あ……あなたがこんなところに現れるなんて……」

それに、子どもたち！　ペンとベイリーはいまどこにいるの？　カイルがふたりを連れて、いつここへ戻ってこないとも限らない。父と子の突然の顔合わせだけは、なんとしても避けたい。まずイーストンとわたしがふたりきりで話をして、彼に四歳になる双子の息子がいるという事実を、できるだけショックを与えないやり方で告げなくては。

どうしてこんなことになったの？　ええ、もちろん、イーストンと再会する場面は、これまでにもいろいろと想像してきた。でも空想の中では、周囲に人はいなかったし……。

ペイトンはそわそわと手で髪をかきあげた。

いきなり、イーストンがその手首をつかんだ。

彼女はぎょっとした。「何？」

「ごめん」彼が手首を放した。「指輪をしていないんだね」

「なんの話？」

「ここできみに会えるとは思わなかった」

「どういう意味？　わたしはこの町で暮らしているのよ」

「だが、結婚はしていない？」

「あの……してないわ」

「じゃあ、うまくいかなかったんだね？」

ペイトンは戸惑ってイーストンを見つめた。「うまくいかなかったって、何が？」

「よけいなことを言ってしまった。すまない。ぼくには関係のない話だ」

「ちょっと待って」そのころには彼女にも、イーストンが何を言っているかわかりはじめていた。「あなた、わたしが結婚したと思っていたの？」彼がうなずいたので、首を横に振る。「してないわ。一度も」

すると今度は、イーストンのほうが愕然《がくぜん》とした。

「それに、町の外へ引っ越してもいない？」

「ええ。なぜ、わたしが引っ越したと思ったの？」

「ああ、失敬」

ペイトンとイーストンは、さっきからそこにいたらしい中年男性を同時に振り返った。

ペイトンはぎこちなく笑った。「こんにちは。何をお求めですか？」

男性はトマトとじゃがいもが欲しいと言い、クレジットカードで支払いをすませると、買ったものを入れた段ボール箱を抱えて去っていった。

お客に応対する時間が一秒たつごとに、ペイトンの焦燥感は募った。どうか、息子たちがハックストン蜂蜜の売り場からここへ戻ってきませんように。彼女はふたたびイーストンのほうを向いた。「それで……」

「いまのきみは、思い出の中のきみよりさらに美しい」イーストンがささやくように言った。その口調は、ペイトンがよく空想の中で思い描いたままだった。

けれど、この事態は空想じゃない。ふたりきりで会う約束を取りつけたら、一刻も早く彼にはここを立ち去ってもらわなくては。

ああ、神さま。これは本当に夢でなくて、いま現実に起こっていることなんでしょうか？

「きみのことが忘れられなかった」イーストンが言った。「ふたりで過ごしてから半年後に、ぼくはきみを捜してハートウッドへ戻ってきたんだ」

ペイトンは心臓が止まりそうになった。土曜市場での突然の再会といい、いまの言葉といい、彼女の長年の空想がそっくりそのまま現実になったかのようだ。「まさか……」彼女は声にならない声で言った。

「ぼくがきみを捜しに来たことが信じられないのかい？」

「いいえ！」ペイトンはあわてて否定した。「もちろん、疑ったわけじゃないわ。ただ、その、全然知らなかったから……」あなたに何ひとつ手がかりを与えなかったのは、わたしだから。彼女の胸の奥が罪悪感で引きつった。

イーストンがうなずいた。「〈ラーチトゥリー・ラウンジ〉へ行けば、カウンターの向こうにきみがいるんじゃないかと思って、町へ戻ったんだ」

「半年後に来てくれたの？　わたしはその三カ月前にバーを辞めてしまったのよ」ミッジから首を言い渡されたせいだ。解雇の理由は、客と関係を持ったから――つまり、イーストンと。

イーストンが続けた。「ぼくは店にいた男のバーテンダーにきみのことを尋ねた。だが、彼は町へ来たばかりで、何も知らないと答えた。そこで、ぼくはホテルの支配人に会いに行ったんだ」

ミッジはどの程度、彼に話したのだろう？

まるでペイトンの心の声に応えるように、イーストンが続けた。「あのシャナハンという女性は、きみが結婚して町を出ていったと言った」

ペイトンは意識してゆっくりと呼吸した。「ミッジの言いそうなことだわ」

「なら、あの支配人はぼくに嘘《うそ》をついたわけか」

「ええ」

イーストンが口をつぐみ、うっとりするような目でペイトンを見つめた。

何を話していたんだっけ？「ミッジは亡くなったわ。急性盲腸炎だったそうよ。あの人、病院へ行くのをいやがったんですって。とうとう救急車を呼ばざるを得なくなったときには、手遅れだったらしいわ。二年前のことよ。悲しいわね。つまり、誰であれ人が亡くなったら……」

ふたりは奇妙な沈黙の中で見つめあった。そして不謹慎きわまりないことに、いきなり同時に噴きだした。

「ごめんなさい」

「いや、ぼくもだ。すまない」

ふたりはまじめくさった表情を顔に浮かべていたが、ペイトンはつけ加えずにはいられなかった。

「あの人、あまり幸せではなかったわけね」

「ああ。そういうことだろうな」

それからしばらく、ふたりはただお互いの顔に目をこらしていた。

やがて、イーストンがささやいた。「きみから目をそらすことができない。やっと会えたんだ。今夜、ふたりで夕食でもどうだい？」

イーストンが、わたしともう一度会いたがっている！　ペイトンは心に明るい光が差しこんだように感じた。

けれど、彼女は厳しく自分をたしなめた。浮かれている場合じゃないわ。

わたしはイーストンの子どもの母親なのだ。かわいくていたずら好きなふたりの息子たちは、母親であるわたしのせいで四年間、父親を知らないまま成長した。イーストンには、〝あなたは父親なのよ〟と言わなければならない。けれど、いまここで告げるのは論外だ。「ええ、いいわ。ふたりで夕食ね。どこか静かなところがいいわ。落ち着いて話ができるように」

すぐさま、イーストンが言った。「ぼくが車で迎えに行こう」そして、日よけのテントとテーブルを手で示した。「きみはいまも家族の農場にいるんだね？」

「ええ、そうよ」

彼がテーブルの上に置かれていた農場の名刺を手に取った。「ワイルドローズ農場か」

「それがうちの農場」

「考えてみれば、驚きだ。五年前はふたりとも細心の注意を払って、まったく口を滑らせなかった。一度でも、きみが農場の名前を口にしていたら、簡単に見つけられたのに」

「ええ」ペイトンは急にやりきれない気持ちになった。先のことを何ひとつ考えずに行動した結果の重みが、肩にのしかかってくる。「レストランで落ちあいましょう」彼女は町の小さなイタリアンレストランの名前を言った。

イーストンが眉をひそめて、もう一度申し出た。「きみの家へ迎えに行くくらいは、大した手間じゃないよ」

それは避けるべきだと、ペイトンは思った。イーストンとの話し合いは、どんな方向へ転ぶかわからない。決裂した場合に備えて、自分の車で行ったほうがいい。「いいえ、本当にいいの。向こうで会いましょう」

しばらく見つめあったあとで、イーストンが引きさがった。「わかった」

「わたしがお店に電話して、テーブルを予約するわ。七時でいい？」

「かならず行く」

「わかったわ。じゃあ、そのときに」イーストンが察しよく立ち去ってくれることを期待して、ペイトンは彼に明るすぎる笑顔を向けた。

けれど、イーストンは去るそぶりを見せず、自分の携帯電話を取りだした。「きみの番号を教えてもらえるかい？」

求められる前に気づかなかったせいでなおさら罪の意識を感じ、ペイトンはあわてて彼の電話を受けとって、自分の携帯電話に電話番号を使ったメッセージを送った。ポケットの中で、彼女の電話の着信音が鳴った。

自分の携帯電話でペイトンの電話番号を確認してから、イーストンが悲しそうに尋ねた。「まだ姓を教えてもらえないのかな？」

ペイトンは切なさに喉を締めつけられた。言い訳を並べたてたい気持ちに駆られたけれど、いまさらそんなものがなんの役に立つだろう？

「姓はダールよ」彼女は言った。「ペイトン・ダール。レストランの名前は〈バローネ〉。ハートトウッドの町にあるわ」念のため、その場でイーストンにメッセージを送った。

〈〝バローネ〟、パイン通り〉

イーストンの携帯電話の着信音が鳴った。彼がペイトンにほほえみかける。「七時に会おう」

彼女はうなずいた。

「またきみに会えて、うれしい」イーストンが感情のこもった静かな口調で言った。

「わたしもうれしいわ」

「今回は、たとえどんな不測の事態が起こっても、きみの連絡先はわかっている。じゃあ、七時に、ペイトン・ダール……」

そして、イーストンは去った。

ペイトンは彼を見送った。今夜、耳に入れなければならない重大な知らせのことを考えると、膝から力が抜けて地面に座りこんでしまいそうだった。

5

イーストンは茫然《ぼうぜん》とした状態で自分の車に向かった。ペイトンの姓と連絡先がわかった。今夜、彼女と会う約束をした……。

なんてことだ、あれからもう五年もたってしまったじゃないか。あのシャナハンとかいう女は、ぼくに面と向かって、いけしゃあしゃあと嘘《うそ》をついたのだ。ぼくはその嘘を信じ、ペイトンとの再会の望みをほとんどあきらめてしまっていた。

けれど、結局はペイトンを忘れられなかった。彼女の思い出はずっと胸に焼きついたままだ。

だが現実のペイトンのほうが、思い出の中の彼女よりはるかにすばらしい。

イーストンは以前、ペイトンが小説を書いていると話していたことを思い出した。あの小説はどうなったのだろう？　今夜、彼女にきかなくては。尋ねたいことはたくさんある。ペイトンに関する事柄は、すべて知りたい。

今回は何を話しても自由だ。五年前のルールは当てはまらない。自分について言いたいことはなんでも言えるし、なんでも伝えられる。

何かが彼の脚にぶつかった。

「うわっ」子どもの声が聞こえた。イーストンが下を見ると、鮮やかな青い瞳がこちらを見あげていた。

「ごめんなさい」

イーストンは手をのばし、男の子の小さい体を支えてやった。「気をつけるんだよ」

「うん！」男の子が笑いながらきびすを返した。イーストンは、その子が近くの蜂蜜売り場に駆けこむところを見守った。

すると最初の子とそっくりの子どもが、もうひとり売り場の陰から現れた。

双子だ。元気いっぱいの男の子たちは、ちょうど同じ年ごろだったときのイーストン自身とウェストンを思い起こさせた。

「ペン！」売り場の陰から現れた子が、もう一方の子を呼んだ。

「ここだよ！」

「ふたりとも、この近くにいるんだぞ」蜂蜜のテーブルの向こうにいる、父親らしいひげの男が双子に注意した。そして、ひげの男は男の子の祖父らしき年配の男性に向かって何か言い、年配の男性が笑い声をあげた。

子どもか。イーストンは胸の内でつぶやき、ふたたび車を停《と》めた場所に向かって歩きだした。昔から、子どもがたくさんいる家庭を持ちたいと思っていた。ところが最近では、子どもを持つ機会などまったくないかもしれないとさえ考えていた。

けれど、いまのイーストンは憑《つ》きものが落ちたように晴れやかな気分だった。世界は目の前に大きく開かれている。なんだってできる気がした。

今夜、もう一度ペイトンと会えるのだ。

イーストンは待ち合わせ場所のイタリアンレストランに十五分早く到着した。〈バローネ〉の店内には、おいしそうな香りがただよっていた。受付でペイトンの名前を出すと、黒髪の女性がすみのブース席へ案内してくれた。

十分後には食前のパンを半分食べ、ワインをグラスに一杯飲みおえていた。緊張しているのか？　そわそわしている自分がおかしくて、イーストンは下を向いて笑った。

七時になるまでの最後の数分は、とてつもなく長く感じられた。けれど、とうとう約束の時間になり、ペイトンが店に入ってきた。彼女は赤いセーターとぴったりしたジーンズを身に着けていた。

イーストンは立ちあがって、向かいの席に滑りこむ彼女を迎えた。「やあ」

「こんばんは」ペイトンの頬は紅潮していた。彼女はバッグを体のわきへ下ろし、一冊の革装丁の本をその隣に置いた。

「退屈したときのために、読むものを持ってきたのかい？」イーストンはからかった。

すると、ペイトンはふいに息をのんで、彼から目をそらした。「まさか、そんなんじゃないわ」そう言って、にっこりした。

その笑顔を見たとたん、イーストンの頭の中から本のことはきれいに消えた。「ワインを飲むかい？」

「いただくわ」

彼はペイトンのグラスにワインを注《つ》ぎ、自分のグラスに二杯目を注いだ。

ふたたび、黒髪の女性がやってきた。ふたりは前菜と料理を注文した。

店の女性が去ると、ペイトンが言った。「今日、あなたがいなくなってから気づいたんだけど、まだあなたの姓を教えてもらっていなかったわ」

「ライトだ」

「イーストン・ライト……」ペイトンがまた、まぶしいほどのほほえみを浮かべた。「なら、話してちょうだい、イーストン・ライト。どうしてハートウッドへ戻ってきたの？」

「五年前、ぼくは身内の会社で働いていると言っただろう？」

「ええ、覚えてるわ」

「その会社は既存のホテルを買収して、新しく生まれ変わらせる事業をおこなっているんだ。〈ライト・ホスピタリティ〉は、ぼくの父が三十六年前に興した会社だ。ぼくと弟はホテルビジネスについて一から学んで、自分たちの力で這《は》いあがった。五年前のぼくはまだ、社内で地歩を固めている最中だったし、弟も……」

「弟さんの名前は？」

「ウェストン」

「イーストンとウェストン……」

「母がつけた名前だ。響きがかわいいと思ったらしいよ。父は説得してやめさせようとしたが、母は一度こうと決めたら梃子《てこ》でも動かない人でね。ぼくとウェストンは双子の兄弟なんだ。ぼくのほうが十一分早く生まれた」

「双子」ペイトンはそれを聞いて衝撃を受けた様子だった。「一卵性の？」

「ああ」

ペイトンはどうかしたのか？　見るからに落ち着きを失っているが。

彼女の狼狽《ろうばい》ぶりがうつったように、イーストン自身も奇妙な胸騒ぎに襲われた。

やがて、ペイトンが我に返ったようにまばたきをした。「イーストンとウェストンですって？　たしかにかわいいわ」

「大の男に向かって、〝名前がかわいい〟というのは禁句だよ」

「覚えておくわ」ペイトンがやさしいほほえみを浮かべながら、いたずらっぽく言った。そして突然、しゃくりあげるように息を吸った。

「大丈夫かい？」

「ええ！」彼女が不自然なくらい勢いよく答えた。「大丈夫、本当よ……。あなたと弟さんの話だったわね。それで、あなたはどうしてハートウッドへ戻ってきたの？」

「ぼくはいま、会社の最高経営責任者《CEO》で、ウェストンは最高財務責任者《CFO》だ。わが社は、おもに西海岸に十一箇所の不動産を所有している。五年前、ぼくは〈ハートウッド・イン〉の買収を会社に提案した。そのときは却下されてしまったが、今回やっと取締役会の合意を取りつけたんだ。そういうわけで、これから二、三カ月のあいだ、ぼくはハートウッドとシアトルを行き来して過ごすことになる」

「シアトル？」

「ぼくの生まれ故郷だ。会社もそこにある」

「ほかの場所で暮らすつもりはこれっぽっちもない、というわけね」

「ぼくの言ったことを覚えていてくれたんだね」イーストンはテーブルの上へ身を乗りだした。「ずっときみに尋ねたかったんだ。まだ小説を書いているのかい？」

ペイトンは背筋をのばした。「もちろんよ」

「出版には漕《こ》ぎつけた？」

「ええ。最初の作品と二番目のは、出版社を通さずにインターネットで発表したの。売れ行きがよかったので、三冊目からは出版社と契約を結んだわ。いま、その出版社から出す六作目を書いているところよ」

「なら、合わせて八冊か。すごいな。ペイトン、ずいぶんいそがしくしていたんだね」

ペイトンがイーストンから視線をそらした。「〈ラーチトゥリー・ラウンジ〉を辞めてからは、二度と副業には就かなかったわ。執筆に専念する必要があると思ったから。農場の手伝いと小説を書くことに、使える時間をすべて使ったの」

その後、ふたりのあいだに沈黙が落ち、ペイトンが唇を噛《か》んだ。

イーストンはさらに彼女のほうへ身を乗りだし、ささやくような低い声で言った。「ぼくには告白しなければいけないことがある……」

目をみはり、ペイトンが大げさにおびえた。「怖い話じゃないでしょうね？」

「ほんの少し怖いだけだ。ぼくはストーカーみたいなまねをしてしまった。名前できみを捜しまわったんだ。アマゾンで検索し、グーグルでも検索した。書店に立ちよると、かならず店員に〝ペイトン〟という名のファンタジー作家を知らないかと尋ねた。残念ながら店員が探しだしてくれた作家は、どれもきみではなかったが」

「わたしはP・K・ダールという名前で本を出しているの」ペイトンが悲しそうな目で言った。

「ああ、なるほど。どうりで、〝ペイトン〟で捜しても見つからないわけだ」

黒髪の女性がふたりの前菜を持って現れた。「どうぞ、ごゆっくり」

イーストンはペイトンに目を向けた。彼女は燻製《くんせい》肉やチーズ、オリーブの実などがのった楕円《だえん》形の皿をじっと見ている。気分でも悪いのかと思うほど、その顔は青ざめていた。

いったい、何が起こっているんだ？「ペイトン、どうしたんだ？　気になることがあるなら、ぼくに言ってくれ。大丈夫かい？」

大丈夫かい、ですって？

いいえ、ちっとも大丈夫じゃないわ。

ペイトンは何から打ち明けていいか、わからなかった。何をどう説明すべきか、見当もつかない。

「ペイトン」イーストンの口調は、いまや切羽詰まったものに変わっていた。「いったい、どうしたんだ？」

彼女が不承不承、顔を上げた。「わたし……ああ、どうしたらいいの……」

「何が？」イーストンは向かい側の椅子から腰を上げかけた。

けれど、ペイトンがすばやく彼の手首をつかみ、そうするのを押しとどめた。「だめよ。お願い。そこにいて」

イーストンはゆっくりとまた腰を下ろした。「どういうことなのか、教えてくれ」

いずれにしろ、いつかは告げなくてはならない。

「あなたに言わなければいけないことが……」しかし、続きは喉に詰まって出てこなかった。

彼はペイトンにつかまれていた手首を返し、彼女とてのひらを合わせた。

〈ハートウッド・イン〉のスイートルームで別れを告げてから、五年が過ぎた。なのに、イーストンを恋しく思う気持ちはペイトンの中から消えなかった。同じくらい二度と彼に会えない恐怖や自責の念も決して胸から消えなくて、ペイトンは泣きたくなった。

「なんでも話してくれ」イーストンが彼女の手を握りしめた。

「お願い。手を放して」

彼がペイトンの手を放した。彼女はすばやくその手を引っこめた。

「ごめん。不愉快な思いをさせるつもりは――」

「いいの。あなたのせいじゃない。悪いのは――」

ペイトンは説明しようとして、だしぬけに切りだした。「イーストン、わたしは、あの、あなたの赤ちゃんを産んだの」

そのあとに落ちた沈黙は、永遠に続くかのように思われた。

イーストンが口からうめき声をもらし、椅子に座り直した。「いま、なんて言った?」

いつの間にか、ペイトンは息を止めていた。そのせいか、頭がくらくらしはじめた。

あえぐように大きく息を吸ってから、彼女はうなずいた。「五年前、わたしは妊娠したの。そして、双子の男の子を産んだのよ。子どもたちの名前はペンとベイリー」

イーストンは言うべき言葉が見つからなかった。ただのひと言も、頭に思い浮かばない。彼は向かい側に座る女性を凝視した。きーんという耳鳴りが聞こえていた。

きっとこれは奇妙な夢に違いない。まさか、現実のはずはない。

ペイトンの大きな瞳がみるみるうちにうるんだ。大きな涙の粒が、やわらかそうな頬を伝う。彼女は革装丁の本を座席から取りあげ、そっとテーブルに置いた。

「本当に、ごめんなさい」ペイトンがかすれた弱々しい声で言った。「あなたを捜したの。わたし、本当に……」彼女が口をつぐみ、ぎゅっと目を閉じてから、もう一度まぶたを開けた。「イーストン、とにかくこれを読んで」ペイトンは革装丁の本を彼の前へ押しやり、自分の携帯電話を出してメッセージを送った。

イーストンのポケットの中で着信音が鳴った。

「わたしの家の住所をメールで送ったわ。あの、どうぞ明日の朝、うちへ朝食をとりに来て。息子たちと会いたければ、会ってちょうだい。それから話をしましょう……」

待て。なんだって？「息子たち？」イーストンはぼんやりしたまま、おうむ返しに尋ねた。「ペンと、それに――」

「ベイリーよ」ペイトンがバッグをつかみ、ブース席から滑り出た。「とにかく、その日記を読んで。あとで話しあいましょう」

そして、ペイトンは歩きだした。

彼女を引きとめ、絶対に質問に答えてもらうべきだ。しかし、イーストンは椅子に座ったまま、凍りついたように動けなかった。

6

日曜日の朝、ペイトンは六時過ぎに目を覚ました。昨夜はほとんど眠れなかった。

農場の早朝の仕事はペイトンと伯母のマリリン、そして姉のジョージーが交代で担っている。幸い、今日はペイトンの当番ではなかった。だから、もう少しベッドで横になっていられるだろう。

ペイトンは耳を澄ませた。あたりはしんと静まり返っている。ひと晩じゅう寝つけなくて、ベッドで寝返りばかり打っていたので、くたくただった。

「コーヒー飲みたい」彼女は誰にともなくつぶやいた。とはいえ、このまま、ここでこうしていても仕方ない。

ベッドわきの明かりをつける手間も惜しんで起きあがり、ふわふわの室内スリッパに両足をつっこんだ。寝間着にしているTシャツとフランネルのパンツに加えて、くたびれたカーディガンをはおる。そしてキッチンへ向かう途中、ふと窓のそばで立ち止まった。

玄関ポーチの向こう、ソーラー発電の小さな電灯の光がかろうじて届く場所に、一台のSUV車が停《と》まっていた。車内は陰になっていたけれど、ペイトンには運転手が誰かわかった。

イーストン。

少しのあいだ、彼女はただその場に突っ立ち、イーストンらしき人影を見つめていた。

こうなったら外へ出て、気の毒なあの人と向きあうよりほかにどうしようもない。

ペイトンは玄関の明かりをつけて、外へ出た。彼も車の中から出てきた。ふたりは家の前の中間地点で立ち止まった。

イーストンは憔悴《しょうすい》しきっていた。「子どもたちに会いたい」

「ええ」

「それと、DNA鑑定に同意してくれ。ぼくが手配する」

「もちろんだわ」

「日記を読んだよ。ぼくたちは、とんでもないへまをしてしまったようだ」

ペイトンは涙で喉を詰まらせた。「ばかなことをしたわ。どこの誰かも知らないまま、別れてしまうなんて」

「ああ」

「ゆうべも言ったけれど、本当に、本当にごめんなさい、イーストン」

彼が手を上げてペイトンを押しとどめた。「何度も謝る必要はないよ」

「〈ハートウッド・イン〉で最後に別れるとき、あなたは連絡を取りあおうと言ってくれたわ。それを振り切って、帰ってしまったのはわたしよ――」

「もういいんだ。そんなことは、いまは重要じゃない」

「いいえ、重要よ」ペイトンはしきりにまばたきをしたけれど、こみあげる涙をせきとめることはできなかった。

「ペイトン」イーストンが腕をのばして彼女の体を引きよせ、ペイトンは彼の抱擁に身を任せた。「すんでしまったことは仕方ない」イーストンがささやいた。なつかしいぬくもりと肌のにおいに、ペイトンは胸を突かれ、大声で泣きたくなった。彼はこの五年間、自分が父親になったと知らずにいたのだ。

イーストンが言った。「時計の針を戻すことはできない。過去は変えられないんだ。大切なのは、これからぼくたちがどうするかだ」

ペイトンは、はなをすすりながらイーストンから離れた。「わかってる。あなたの言うとおりよ」

「よかった。だって、誰のせいでもないんだからね」

その言葉には賛成できなかった。でも、これ以上お互いの傷口に塩を擦りつけて、なんになるだろう？　彼女は無理にほほえんだ。「じゃあ、コーヒーでも飲む？」

「ああ」

「こっちよ」

ペイトンは家に入って明かりをつけ、イーストンをキッチンへ案内した。「座って」

彼が間仕切りのない広いキッチンを見まわしてから、テーブルの前の椅子に座った。「すてきなキッチンだ」

「どうも。居心地がいいのよ」ペイトンはひとり用のコーヒーメイカーを手に取り、イーストンのコーヒーを用意しはじめた。そして苦痛に満ちた沈黙を埋めるために、家の改装について詳しく説明した。「それで、出版社から初めて前金を渡されたときに、二階に子どもたちの浴室を作ったの。二度目の契約金は子ども部屋の床を敷き直すのと、キッチンの改装に使ったわ」彼女は淹《い》れたてのコーヒーをマグに注《つ》いで、イーストンの前に置いた。「あなたはブラックだったわね?」

イーストンがペイトンを見あげた。ふたりの視線がからみあう。

「ブラックだ。ありがとう」その返事が金縛りに遭ったような瞬間をおわらせた。

ペイトンはカウンターへ戻り、今度は自分のコーヒーを用意した。「昨日から考えていたんだけど、しばらくのあいだ、あなたはただのイーストンとして子どもたちに接したほうがいいんじゃないかしら。あの子たちに時間をあげたいの。〝この人があなたたちのパパよ〟って紹介する前に」

「DNA鑑定の結果が出るまでということかい?」

ペイトンはテーブルを振り返った。「それよりあとになるかもしれないわ。つまり時期については、ふたりで話しあって決めましょうよ」

イーストンが唇を引き結んだ。「いつまで待てばいいんだ、ペイトン?」

「しばらくのあいだよ。臨機応変に、とお願いしているの」

「いいだろう」彼は納得してはいなかったものの、少なくとも承知した。

「ありがとう」

イーストンがマグを取りあげ、コーヒーを飲んだ。「昨日、きみから渡された日記帳だが、一部ページが破りとられている箇所があった」

その部分はペイトン自身が破りとった。イーストンが気づいたことは驚きではない。〝けれど気づいても、何も言わないでいてほしかった。

「ときどき、調子に乗って書きすぎてしまうことがあったの。読んでも仕方ない内容よ」

「だが、きみはぼくに宛てて、あの日記を書いたんだろう?」

「ええ、そうね」

「だったら、破りとられたページも、ぼくに宛てたもののはずだ」

「だけど、途中で気が変わったの。だから、ページを取り除いたのよ」ペイトンは、これ以上は問答無用とばかりにきっぱりと言った。

イーストンはいちおう、その言葉を受け入れた様子だった。「わかった。だが、もうひとつききたいことがある」

ペイトンはため息を押しころした。「何?」

「日記はぼくが読むために書かれたものだ」

「いま、そう言わなかった?」

「つまり、ぼくのものということだ。このままずっと手元に置きたい」

イーストンの淡々とした宣言は、なぜかペイトンにショックを与えた。日記帳を永遠に手放すことには抵抗があった。あの日記は息子たちが生まれてから、いまに至るまでの大切な記録だ。

けれど、わたしはその四年間を息子たちのそばで過ごすことができた。イーストンはそうじゃない。それに、いつか息子たちの成長の記録を彼に渡したいという切実な思いがなければ、そもそもわたしは日記を書かなかっただろう。「どうぞ、そのまま持っていて」

イーストンは真剣なまなざしで彼女を見つめていたが、考えていることを口にはしなかった。「そうか。よかった。ところで、子どもたちはいつ目を覚ますんだい?」

「いつも七時ごろだけど、今朝はもう少し早いかも。

わたしたちの話し声が聞こえるでしょうから、それで目を覚まして下りてくるんじゃないかしら」

ペイトンの分のコーヒーができた。彼女は自分のマグを手に、テーブルについた。

「おなかはすいてる？」ペイトンは尋ねた。

「いまのところは、コーヒーだけでけっこうだ」

ペイトンはカウンターの上の時計を振り返った。六時二十五分だ。「待つのはばかげてるわ」それに気まずい。二階の物音にじっと耳を澄ましながら、ここに座っているのは苦痛だった。「わたしが行って、ふたりを起こしましょうか？」

イーストンがあからさまにぎくりとした。けれど同時に、少し安堵《あんど》しているようにも見えた。「ああ、そのほうがいい。ぼくも――」

「いっしょに行く？　でも今日は最初だから、わたしがふたりの機嫌を確かめてからにしたいわ」

顔をしかめたものの、彼はうなずいた。「そうだね」

ああ、どうしよう。子どもたちをキッチンへ連れてくる――ただそれだけのことなのに、ペイトンはけたはずれな重大事だと感じていた。

「大丈夫かい？」イーストンが慎重な口ぶりで尋ねた。彼女は、自分が座ったまま考えこんでいたことにようやく気づいた。

父と子の対面がかなう間際になって、不安のあまり尻込みしそうになっていたらしい。「大丈夫よ」ペイトンは強がりを言って立ちあがった。

五分後、息子たちとペイトンが階段を下りてきた。それはイーストンが昨日、青空市場で見かけた双子の男の子たちだった。

ひとりは恐竜の絵柄のパジャマ、もうひとりは宇宙船の絵柄のパジャマを着ていて、手にはスーパーヒーローのフィギュアを持っていた。ふたりは階段

た。

「そうだよ」イーストンは答えた。「きみのママとぼくは、五年前からの友達なんだ」

子どもたちは顔を見あわせた。ベイリーが言った。「ぼくたち、四歳なんだ」

ペンはまだ、見知らぬおとなを警戒している様子だった。「家はどこ？」

「別の街だ」

ベイリーは、すでにほかのことに関心を移していた。「ママ、マリリン伯母さんのとこに朝食を食べに行く？」

「日曜日だけど、今朝は行かないわ。今日はここで朝食をとりましょう。食べながら、イーストンとお話しするといいわ」

「もう食べられる？」ペンも、朝食と聞いて急に元気になった。

「すぐよ」ペイトンが答えた。

を下りたところでキッチンの人影に気づき、足を止めた。そして、イーストンやウェストンと瓜《うり》ふたつの青い瞳でこちらを見つめた。

ペイトンがふたりをキッチンへ追いたてた。「ほら、この人がお客さんのイーストンよ」

「おはようございます」幼い兄弟は声を合わせて挨拶した。

宇宙船のパジャマの子が言った。「ぼくはペンだよ。こっちが――」

「ぼくはベイリー」もうひとりが言う。

「きみたちに会えてうれしいよ」イーストンは言った。彼はすでに、そっくりな兄弟のちょっとした違いを心に刻みはじめていた。ペンの髪のほうが、ベイリーの褐色の髪よりわずかに色が淡い。ふたりとも笑うと頬にえくぼができるけれど、その位置が少し違う。

「おじさんはママの友達？」ペンが疑わしげにきい

彼女がドライフルーツ入りのシリアルと輪切りにしたバナナ、それにアーモンドミルクを子どもたちの前にせっせと並べた。イーストンはコーヒーのおかわりを淹れようと、コーヒーメイカーを手に取った。男の子たちはシリアルを顔につけつつ、出されたものをもりもり食べた。

イーストンは子どもたちに目を奪われないように注意しながら、コーヒーを飲んだ。幼い兄弟を眺めていると、夢を見ているに近い奇妙な感覚に襲われる。けれど、心地よい感覚だった。

イーストンは、土曜市場でふたりを初めて目にしたときのことを繰り返し思い返した。どうりで、ふたりを見て自分と弟を連想したはずだ。ふたりは血を分けた実の息子たちだったのだから。その点に関しては、もはや塵《ちり》ほども疑いを持っていなかった。

そして考えるほどに、市場での場面に胸をむしばまれた。ペンとベイリーは蜂蜜売り場で、あのひげの男と何をしていたんだ?

スクランブルエッグを食べないかとペイトンにきかれて、イーストンはうなずいた。すると、男の子たちも食べたいと言いだした。

「ふたりとも、すごい食欲で困っちゃうのよ」ペイトンが苦笑いした。

「だって、ぼくたち、おっきくて強いんだもん」ベイリーが言い、腕を曲げて力こぶを作ってみせた。

ペンもフィギュアをさっと取って振りまわす。

ペイトンが協力を募った。「お手伝いしてくれる人が必要だわ」

子どもたちは不平を言うことなく、さっそく背の高い幼児用の椅子から下りた。イーストンも調理を手伝った。朝食がすむと、子どもたちは自分が使った皿やフォークを流しに運び、そのあと二階へ駆け戻っていった。

イーストンはふたりが去ってゆく姿を見守った。

するとペイトンが低く笑った。「あの子たちといっしょに行きたいの?」

彼はためらった。「ふたりはまだ、ぼくのことをよく知らない。突然、子ども部屋に現れて大丈夫なのかな?」

ペイトンがタオルをつかんで、濡《ぬ》れた手を拭いた。「ちょっと待ってて。いっしょに行くわ」

「ありがとう」

彼女が着替えるためにキッチンを出ていった。数分後、ペイトンはジーンズと青いセーターを着て戻ってくると、イーストンにほほえみかけた。彼が五年の長きにわたって、恋しく思いつづけたほほえみだった。「行きましょう」

ふたりは連れだって階段をのぼった。二階は間仕切りのない広々とした空間で、半分はシングルベッドが並んだ寝室、もう半分は子どもの遊び場になっていた。現れたイーストンに、子どもたちはハロウィンで着る衣装を見せてくれた。聞けば今夜、近所の農場の納屋で開かれるハロウィンパーティに出席するのだという。

「いっぱいお菓子をもらうんだ!」ベイリーが嬉々《きき》として叫んだ。

「ねえ、ミニカーで遊ぼうよ」ペンが言い、棚からおもちゃのトラクターを持ってきた。「はい、イーストン」

子どもたちとイーストンは部屋の床に座りこんで、おもちゃの車同士をぶつけあった。うまく仲間として溶けこめそうだと、イーストンは思った。少なくとも、子どもたちは楽しそうに遊んでいる。けれど彼自身にとっては、別世界に紛れこんだような感覚がますます募るばかりだった。

ぼくには息子がふたりいる。この四年間、ぼくはそのことを知らずにいた。いや、ペイトンの妊娠期間を考えたら、五年近い年月だ。本来なら、そのあいだも子どもたちのそばにいるべきだった。あまりに多くのものをつかみ損ねてしまったが、もう一分たりとも無駄にはしない。

少し離れたところで様子を見ていたペイトンが、上から三人をのぞきこんだ。「どんな具合?」ペンがうなるエンジンの口まねをして、ベイリーのダンプカーにピックアップトラックをぶつけた。イーストンは本音を言うわけにもいかずにささやいた。「楽しんでいるよ」

「じゃあ、あなたにふたりを任せるわ」

彼はパニックにおちいりかけたが、虚勢を張って言った。「なんとかするよ」

ペイトンがからかうような笑みを浮かべた。「手に負えなくなったら、下りてきて」

子どもたちがうれしそうにイーストンのトラクターを総攻撃しているすきに、彼女は部屋から出ていった。

しばらくすると、階下から誰かの声が聞こえてきた。

「マリリン伯母さんとジョージーだ!」ベイリーが大声で言った。「階下《した》へ行こう!」

イーストンは子どもたちのあとに続いて階下へ行った。ペイトンが伯母と姉に彼を紹介する。マリリンはほっそりとして背が高く、半白の髪を短くした、やさしい笑顔の女性だった。姓はダンハムだそうだ。ジョージーの姓はレクレールで、いまは妊娠中らしく、おなかが大きかった。

子どもたちはよろこんで、伯母たちの周囲を跳ねまわった。しかし、ペイトンの伯母と姉はこちらを少し警戒しているようだと、イーストンは思った。

「ほら、ふたりとも、落ち着きなさい」ペイトンが子どもたちに言った。

すると、ふたりは飛び跳ねるのをやめた。

マリリンが兄弟に近づき、腰に手を当てた。「うちでブラウニーを作るんだけど、誰かお手伝いしてくれない？」

子どもたちが大急ぎで名乗りを上げた。「ぼくたちがする！」

二分もしないうちに、イーストンとペイトンはふたりきりになった。ふたりは互いの胸の内を探るように、立ったまま見つめあった。

「昨日、きみの農場の売り場をあとにしてから、別のところであの子たちを見かけたんだ」

「ええ、ハックストン蜂蜜の売り場ね。カイル・ハックストンは昔からの友人なの。土曜日の市場で野菜を売っていると、彼が子どもたちをあずかってくれることがあるのよ」

怒りがこみあげるのを、イーストンは感じた。

「ぼくは蜂蜜売り場の若い男が――待ってくれ、いまカイルって言ったか？」

「そう。カイルよ」

その名前をどこで聞いた？「ちょっと待った。あのカイルとは、きみが初めてセックスした男――あのカイルなのか？」

ペイトンは胸の前で腕を組み、イーストンをにらみつけた。「こんなときにそんな話を持ちだして食ってかかるなんて、大した神経ね」

彼女が怒るのは当然だ。

けれどいまのイーストンは、みずからが理不尽かどうかには関心がなかった。「いいから答えてくれ。昨日ぼくが見かけたカイルは、五年前にきみの話に出てきたのと同じ男なのか？」

「ええ、そうよ」ペイトンが感情のない口調で答えた。「だったらわたしもきくけど、あなた、この五年間に何人の女性とつきあったの？」

「ぼくは誰とも――それがいまの話となんの関係があるんだ？」

「つまりあなた、ひとりも恋人を作らなかったの？

わたしに恋いこがれるあまり？」

イーストンは答えるのを拒否しようかと思った。けれど、仕方なく言った。「努力はした」

「努力したって、なんの努力をしたの？」

「女性とつきあう努力だ。ほかの誰かと出会おうとする努力だよ」

「それで？」

「誰とデートしても、うまくいかなかった」

「そう。わたしも努力したわ。カイルとね。でも、うまくいかなかった」

ペイトンの答え方に、イーストンはいやな予感がした。「あの男と努力したとは、どういう意味だ？」

「去年、カイルに結婚を申しこまれたの。わたしはイエスと答えたわ」

イーストンは何か大きなものをめちゃくちゃに壊したくなった。「それから、何があったんだ？」

彼女は少しのあいだ答えなかった。「結婚してもうまくいかないと、どちらの側も気づいたの。お互いに納得して、婚約を解消したわ」

「だが、あの男はいまだにきみの周りをうろついている」

「違うわ。カイルは〝うろついて〟なんかいない。あの人はわたしの友達よ」

「昨日ぼくは、あの男を子どもたちの父親だと思ったんだ」イーストンは怒りをこめて訴えた。自分でも言いがかりに近いとわかっていたが、どうにもならなかった。

「だから、どうしたの？」

「ぼくが市場できみを見つけたとき、ベイリーとペンは近くにいた。きみの売り場からテーブル三つか四つ離れたところにだ。〝昔からの友達〟で、元婚約者で、初めて寝た男といっしょにいたんだぞ」

ペイトンが気色ばんだ。「ちょっと待ってくれる――」

「いやだね。どうしてきみの元婚約者が、市場でぼくの息子たちの面倒を見ているんだ?」

「何をつまらないことを言っているの?」

「簡単な質問をしただけだ。答えてくれ」

「もう話したでしょう。カイルはわたしの友達よ。彼のこともその両親も、生まれたときから知っているわ。彼はペンとベイリーが大好きなの。それだけよ」ペイトンが唇を噛《か》んだ。

「だが、きみとあの男は婚約していたんだろう?」

「ええ、そうよ。そしてうまくいきそうにないから、婚約を解消したわ。だけど、カイルとわたしはそれからもずっと友達なの」

今回、イーストンは無性に誰かを殴りたくなった。できれば、養蜂園のあの男がいい。

こだわるべきでないのはわかっている。結局、ペイトンはあの男と結婚しなかったのだから、その事実でじゅうぶんだ。けれど、イーストンは疑いを胸に収めておけなかった。「きみはあの男と結婚することになっていたのに、どうして気が変わったんだ?」

ペイトンは組んだ腕をまだほどこうとしなかった。

「わたしと彼のあいだにあったことを、あなたに説明する義理はないわ。とにかく、お互い違う道を行くという結論で折り合いがついたの。本当に気持ちがあったなら、わたしは誰はばかることなくカイルと結婚していたわ」

ペイトンの言うとおりだ。イーストンは自分を抑えて、できるだけやさしく語りかけた。「お願いだ。ぼくにわけを教えてくれ」

少しのあいだ、ペイトンは小首をかしげて彼の顔を見つめていた。しかし、ついに重いため息をついて話しだした。「わたしはカイルが大好きよ。だけど、女性が結婚相手に持つ感情とは違っていたの。カイルのほうも同じだったわ」

「なるほど」イーストンは歯を食いしばって、しぶしぶ謝罪の言葉を口にした。「すまなかった。ぼくにとっては、向きあうのがむずかしい状況なんだ。案の定、派手にしくじったようだ」

ペイトンが苦笑した。「そのようね。あれからカイルには相思相愛の恋人ができたの。オルガといって、町のコーヒーショップのバリスタよ」

イーストンは自分のばかさかげんを思い知らされた。「そうなのか。よかった」

「ついでに言うと昨日の市場で、わたしは早くあなたを追い返そうとあわてていたの。あなたと息子たちを引きあわせる前に、ふたりきりで会って事情を説明したかったからよ。そんなにいけないことかしら？」

「いや。やり方としては、それがいちばんだ」

「だったら、なぜやたらと突っかかってくるの？」

「ぼくは……」イーストンは目を閉じて、かぶりを振った。「わかってくれ。何年間もぼくはきみをあきらめようと思いながら、できないままだった。ところが昨日突然、市場できみを見つけて有頂天になった。だが同時に、自制が必要だとも思った。一歩ずつ慎重にきみとの距離を縮めようと、自分には言い聞かせた。最初に食事に誘って、お互いの近況を教えあい、そのあとでどうなるか様子を見ようと……」

ペイトンは何も言わずにイーストンを見ていた。イーストンは、彼女が何を考えているのかわからなかった。

急に、ペイトンが椅子を引いて座った。「あなたも座って」別の椅子を示して言った。

彼はおとなしくその言葉に従った。

テーブルの上へ腕をのばし、ペイトンがイーストンの手の上に自分の手を重ねた。彼女とのふれあいは、イーストンの身の内にあらゆる種類の嵐を呼び起こした。

彼は手を返して、お互いのてのひらとてのひらを合わせ、指をからめた。


ペイトンが口を開いた。「説明してくれる必要はないわ。もうわかったから」

「だが、ぼくは説明したいんだ。きみに会えて、心の底からうれしかった。そうしたらいきなり、あなたにはふたりの息子がいると教えられたんだ。しかも、息子たちはそのカイルという男になついていて、きみは結婚する寸前だったという」イーストンは重なったふたりの手の上にもう一方の手をのせた。

「ショックだった」

「あなたが動揺するのも無理ないわ」彼女が静かに言った。


イーストンはたじろいだ。「ただでさえ込み入った話を、ぼくがさらにもつれさせたのかと思うと、いやになるよ」

「もつれさせてはいないわ。突然、四歳児の父親になったわけだもの。あなたが戸惑うのは当然よ」

「ああ、めまいがしそうだ。それと、あの子たちがぼくの子だということは、もうわかっている」

「ええ、あの子たちはあなたの息子よ」ペイトンが慎重に言った。そして、彼に握られた手をそっと引っこめた。「わたしの言葉を信じてくれてありがとう。だけど、親子関係をはっきりさせるに越したことはないと思うわ。だから、DNA鑑定をするなら賛成よ」

「ペイトン。DNA鑑定はたしかに大事だ。それでも、あのふたりがぼくの息子だと理解するのに、科学の力は必要ない」イーストンはポケットから携帯電話を出してSNSにログインし、彼の母親のアカウントに飛んだ。そこには母親が投稿した家族の写真が山のようにあった。イーストンはだいぶ時間をさかのぼって、彼とウェストンが自転車に乗っていてる写真を見つけだした。「たぶん、ぼくと弟が五歳くらいのときの写真だ」彼は携帯電話の画面をペイトンのほうへ向けた。

「まあ」ペイトンがささやいた。「これって……ええ、ベイリーとペンだと言われてもうなずいてしまうわ。本当にそっくり」

イーストンは携帯電話をテーブルに置いた。「だから、ぼくにとって鑑定は形式にすぎないんだ」

「でも、大事よ」彼女が重ねて言った。

「ああ。明日、手続きをする」

もう一度、イーストンはペイトンの手を握りたかった。ふたりの指がからみあう感触は、実にしっくりとして心地よい。ペイトンが〈ハートウッド・イン〉の部屋から出ていってから、長い歳月が流れた。そのあいだ、イーストンは二度と彼女に会えないのではとずっと恐れていた。半年後に初めてハートウッドへ戻ったときに、あきらめず捜しつづけるべきだったのだ。ミッジ・シャナハンの言葉を信じてはいけなかった。ペイトンがあの養蜂園の男と結婚していたら、どうなっていただろう？

イーストンはこれまで、人との関係において失敗つづきだった。最初は間違った相手と結婚し、次に正しい相手が去っていくのを許してしまった。しかも、その女性はぼくの子どもを妊娠していたのだ。そしてその後訪れた再会できるただ一度のチャンスも、ぼくが冷酷な他人の言葉を信じたせいで、あっけなく奪われてしまった。

「イーストン？」ペイトンが心配そうな目をして、テーブルへ身を乗りだした。「どうかしたの？　ぼんやりしてたけど……」

「考えていたんだ……。ぼくはずっときみを忘れることができなかった。きみはぼくの心に住みついてしまったんだ。五年前、ぼくはふたりの絆《きずな》を信じることができなくて、きみを失った。ああ、会いたかったよ」

ペイトンが悲痛なうめき声をもらした。「わたしもあなたに会いたかったわ」

「子どもたちは大事だ。だが、たとえあの子たちを授かっていなかったとしても、きみを求めるぼくの気持ちは変わらない。ペイトン、ぼくはきみを愛している」

彼女が目を大きく見開いた。「愛しているですって？」

ああ、いまの段階で愛の告白はちょっと拙速だったかもしれない。だが、取り消したいか？　いいや、まさか、取り消したくない。「そうだ」

「わたし……イーストン、あなた、急ぎすぎよ。いったん立ち止まって考えて」

「どうして？　本当のことだ」

「やめてちょうだい。そういうことを考えるのは無理——」

「無理じゃない。どうしても答えてもらいたいんだ。きみもぼくを愛することができそうかを」

「そんな単純な話じゃないわ。わたしたちはお互いについてほとんど何も知らないのよ」

それは違う、とイーストンは思った。五年前のあの一週間に、ぼくはペイトンについて知るべきことはすべて知った。

彼女は不安そうな目をしてこちらを見ている。

いいだろう。ぼくは少し、自分にブレーキをかけるべきかもしれない。「だったら、きみはぼくと同じように感じていないのかい？　それとも、自分の気持ちが信じられないのか？」

「わたし、あの……」

「うん？」

「自分の気持ちが信じられないのよ。わたしは……恋愛が下手なの。男性とつきあっても、うまくいかないのよ。だからたいていの場合、人との深い関わりは避けていて」

イーストンはペイトンにやさしく語りかけた。

「きみは伯母さんやお姉さんを愛しているじゃないか。ちゃんと関わっている」

「ええ。だって、ふたりは家族だもの」

「それに、子どもたちはどうなんだい？　子どもを育てるには、とことん関わりあうことが必要だ」

「ええ、もちろん、ベイリーやペンのことは大切に育てているわ」

「見たところ、きみはすばらしい母親だ」

ペイトンが赤くなった。「ありがとう」

「本当のことだからね」この際だ、言ってしまえ。心からの望みをペイトンに伝えるんだ。「ぼくはきみと結婚したい。ぼくときみとペンとベイリーで、家族としていっしょに暮らしたいんだ」

ペイトンがごくりと喉を鳴らした。「もっと慎重になって。わたしたちはお互いのことをよく知らないのよ。五年前の出来事は、いっときの火遊びだったわ」

「ぼくは自分の気持ちを知っている。それに、きみもぼくと同じ気持ちでいると思う」

「イーストン、わたしの言ったことを聞いていなかったの？　わたしはあなたという人をよく知らない、と言ってるのよ」

「きみは誰を納得させようとしているんだ？　一歩踏みだすことを、無闇に怖がっているだけなんじゃないのか？」

ペイトンが、飛びあがるようにして席を立った。

「そんなんじゃないわ」

「いや、そうだ。どう考えても、ふたりが結婚するのがいちばんだろう。筋が通っている。ぼくたちは家族だ」

「だけど、わたしたちは世間一般に言うところの普通の家族じゃないわ」ペイトンが椅子の後ろにまわって、その背を強くつかんだ。「わたしはあの子たちの母親で、あなたは父親よ。たしかに、これからどういうふうに親子として関係を深めるか、考える必要があるわ。だけど、あなたとわたしのことを先に考えるわけにはいかないのよ。まずＤＮＡ鑑定をしましょう。今後について話しあうのはそれからでないと。男性として正しくふるまいたいという、あなたの気持ちはわかるわ。そのことには感謝してる。でも、結婚はだめよ。とにかく、だめ」

イーストンは歯嚙みをして自分を抑え、強いて穏やかに尋ねた。「せめて、ふたりの将来について考えると言ってくれないか？」

将来について考える？

ペイトンは、これ以上イーストンの心に衝撃を与えたくなかった。けれど、こんなときに結婚の話を持ちだす権利は、彼にはない。たぶん、この先もずっと。

どうやってイーストンにわかってもらえばいいのだろう？　彼を忘れたことはなかった。それは本当だ。イーストンが子どもたちの父親だから、という理由だけじゃない。ふたりで過ごした時間が、あまりにもロマンティックな夢物語だったからだ。

あの一週間は、ある意味現実ではなかった。イーストンだってわかっているはずだ。

けれど、頑固そうな彼の表情を見ると、どうやらわかっていないらしい。

もしも結婚があらゆる難問の解決法なら、わたしはとっくにカイルと結婚していただろう。カイルとわたしのあいだに、お互いについて知らないことはほとんどない。ふたりの生活様式はほぼ同じだし、彼は生まれ故郷のハートウッドに居を構え、わたしもこの町にずっといたいと思っている。そのうえ、カイルはペンたちの父親になりたがっているし、子どもたちも彼が大好きだ。

けれど、ペイトンはカイルと結婚しなかった。彼と結婚するのは間違いだとわかったからだ。

とはいえ、カイルの場合とはまったく異なる理由から、イーストンと結婚するのもまた間違っている。

いま目の前にいるイーストンは、ペイトンが覚えているとおりの男性だった。すぐさま寝室へ引っぱっていきたくなる男性、それが彼だ。けれど、ふたりには解決しなければいけない問題がいくつもある。これから双子を育てていこうというときに、父親と母親が別々の州に住んでいることもそのひとつだ。だから、都合の悪い欲望には蓋をしなくてはならない。難題が山積しているのに、ベッドをともにするかどうかで事態をさらに複雑にするなんて、愚の骨頂だ。

でも、イーストンはわたしを愛していると言ったわ！　ペイトンの中の愛に飢えた少女の部分が、歓喜の声をあげた。

けれど、理性はその少女を厳しく諭した。もちろん、そう言うに決まっているでしょう。イーストンは正しいことをしたがっている、善良な人なのよ。

もう一度、イーストンが言った。「たのむ。どうか考えるだけはしてほしい」

「考える……」

「そう。ぼくとの結婚について、考えてみてくれ」

彼がもう一度説得した。

もちろん、わたしはそうするだろう。どうして考えずにいられるだろうか？　イーストンはわたしの理想の恋人で、そのうえ、わたしは彼の子どもを産んだのに。

「わかったわ、イーストン。あなたの、えーと、申しこみについて考えてみるわね」

7

金曜日の朝、ＤＮＡ鑑定の結果は出た。ウェブサイト上で結果を知ったイーストンは、オフィスとして使っているトレーラーハウスからペイトンに電話をかけた。「これで公に認定された」彼女が電話に出ると言う。「ぼくはパパだ」

ペイトンは笑った。「おめでとう」

「ありがとう。ウェブサイトとパスワードをメールするから、きみも自分で確かめるといい」

「必要ないわ。あなたがパパだってことは、とっくに知っているもの」

イーストンにとって、日曜日からの時間は永遠のように長く感じられた。仕事がいそがしかったのと、ペイトンに考える余裕を与えるため、直接会うのを避けていたせいだ。だが、もうそんな遠慮は無用だ。

「子どもたちに会いたい」それに、きみにも……。

「もちろんよ」ペイトンの口ぶりがきびきびしたものに変わった。「それと、わたしたちは次の段階に

翌日、イーストンはシアトルにあるライト家の顧問弁護士の事務所に電話した。弁護士は法的に有効なＤＮＡ鑑定をおこなう、ポートランドの研究所を推薦してくれた。イーストンが連絡を取ると、その研究所は、鑑定対象の父母と子どもたちの検体を採取するため、フッド川沿いの病院を指定した。イーストンは火曜日に言われた病院へ行き、頰の内側の粘膜を検体として採取してもらった。水曜日にはペイトンから、子どもたちを連れて病院へ行ったというメールが来た。

木曜日、イーストンは会議のために朝、飛行機でシアトルへ行き、夜にハートウッドへ戻ってきた。

ついて、意見を擦りあわせて一致できるところを探す必要があるわ」

次の段階……。

結婚式だ。ふたりの次の段階は結婚式だ。けれど、ペイトンから〝イエス〟の返事をもらうには、時間がかかりそうだとイーストンは思った。

「今夜、ふたりで会って話そう。ぼくが迎えに行くよ。このあいだのイタリアンレストランの近くにステーキハウスがあったから、そこはどうだい？」イーストンはペイトンの返事を待った。けれど、彼女が答えないので、ためらいがちに言い直した。「それとも、〈ジェリーズ・グリル〉のほうがいいかな？」

「ベビーシッターが必要になるわ。今夜となると、ちょっと急すぎるの」

「きみの伯母さんか、お姉さんは？」

「ええと、そうね……。いいわ、誰かに当たってみる。〈ジェリーズ・グリル〉で会いましょう。六時半でいい？」

「ぼくが迎えに行く。そうさせてくれ」

「イーストン……」

「せっかくだから、子どもたちに会えるかなと期待していたんだ。顔を見るだけでも、とね」

ペイトンはためらい、しばらくして言った。「わかったわ」

よし！　イーストンは十二歳の子どものように、拳で天を突いた。「七時に席を予約しておくから、きみのところへは六時十五分に行くよ」

幸福ではち切れそうな気分で、イーストンは電話を切った。

それから、彼は弟に電話した。「いま、座ってるか？」

「座ったほうがいいのか？」

「ああ」

「オーケイ、座った」

「ペイトンを見つけた」

「どこで？　どうやって？」

イーストンはハートウッドの土曜市場であったことを、かいつまんで説明した。「しかも、それだけじゃないんだ」

「待て。謎の女性だったペイトンを六日も前に見つけたのに、いままでぼくにひと言も言わなかったのか？」

「まだ話せる段階ではなかったんだ」

「わかったぞ。当ててみようか。さっそくペイトンに結婚を申しこんだな？」

「まあ、そうなんだが、いまは足踏み状態だ。彼女はせかされるのが好きじゃない」

「いいことだ」

「おい、おまえはぼくの味方だろう？」

「そうだ。だが、結婚はせかされてするものじゃない」

「何をするにもせっかちで、無鉄砲なおまえがそんなことを言うとはね。ぼくはペイトンの気持ちが固まるまで、いくらでも待つつもりだ。だが、歯がゆくて仕方ない。状況を考えると、なおさらだ」

「状況って？」

「メガトン級のやつだぞ。まだ座ってるか？」

「ああ。どういうことだ？」

「ペイトンは双子の男の子を産んでいた。ぼくたちのような一卵性双生児だ。ベイリーとペンという名前で、いま四歳だ」

ウェストンが、電話越しにも聞こえるほどの音で息を吸いこんだ。「本当に自分の子か？」

「そうだ。見た瞬間に、ぴんと来た。だがペイトンがどうしてもと言うので、ＤＮＡ鑑定の手配をしたんだ。今朝、結果がわかった。子どもたちはぼくの子だ」

　すると、ウェストンが楽しそうに笑いだした。彼は、双子の兄がどれほど子どもを欲しがっていたかを知っていた。「男の子がふたりか。おめでとう」

「ありがとう。すごく幸せだ」

「父さんと母さんには知らせたのか？」

「まだだ。まずペイトンと話して、この週末に彼女と子どもたちをシアトルへ招こうと思っているんだ」

「いいじゃないか。おまえが幸せなら、ぼくもうれしいよ」

　その夜、イーストンがペイトンの家のドアをノックすると、ジョージーが出てきた。ペイトンの姉は彼を温かく迎えた。そこへ、子どもたちが二階から階段を駆けおりてきた。

「イーストン！」

「やあ、ふたりとも」

　幼い双子の兄弟は、すぐさまイーストンに報告した。「今夜はポップコーンを食べながら、ジョージーといっしょに映画を観《み》るんだ！『ミニオンズ』をね！　だから、夜遅くまで起きてていいって！」ペンが大よろこびで叫んだ。

「九時まで起きてられるかも」ベイリーは信じるのが怖いとでも言いたげだ。

「ねえ、イーストンもぼくたちといっしょに『ミニオンズ』を観ない？」ペンが誘った。

　イーストンはふたりを力いっぱい抱きしめたくなった。

「イーストンと映画を観るのは、また今度ね」ペイトンが居間へ入ってきて言った。絹のような風合いの黒いシャツに、黄褐色のスカートをはいている。彼女は子どもたちに言った。「イーストンを二階へ連れていって、今日、作ったものを見せてあげるといいわ」

「ぼくたち、三輪車を組みたてたんだ！」ベイリーに手をつかまれ、イーストンは驚きのあまり、膝から力が抜けてしまいそうになった。

「行こうよ！」ペンの先導で、ベイリーに手を引かれながら、イーストンは階段をのぼった。

子ども部屋にある遊び場のまん中に、プラスチック製の三輪車が鎮座していた。ベイリーがまたがって遊び場を一周するあいだに、ペンは組みたてたときのことを説明してくれた。〝ジョージー伯母さんとママに手伝ってもらった〟のだそうだ。

ベイリーが三輪車から降りると、今度はペンが乗った。「イーストンは三輪車に乗るにはちょっと重すぎるかも」ベイリーがさも気の毒そうに言った。

「ごめんね、イーストン」ペンも同情を示した。

イーストンは、気にしていないよと言ってふたりを安心させた。そして、今日は何をしたのかとふたりに尋ねた。兄弟は幼稚園へ行ったときのことを話した。

子ども用タブレット端末について楽しそうにしゃべりつづける兄弟を、イーストンは驚嘆の目で見つめた。

「今度来たとき、イーストンにもぼくたちの好きな動画を見せてあげる」

「待ちきれないよ」彼は言った。本心だった。

コートを着たペイトンが、扉口に現れた。「出かけましょうか？」

四人はそろって階段を下りた。子どもたちとジョージーに〝いってきます〟を言い、イーストンとペイトンは十月の冷たい夜風の中に踏みだした。レストランまでの車中は、おおむね沈黙に包まれていた。イーストンには言いたいことがたくさんあったが、どこから話をはじめていいかわからなかった。

〈ジェリーズ・グリル〉に着くと、ふたりはブース席に案内された。イーストンは、せっかちになるなと絶えず自分に言い聞かせた。ふたりはお互いの仕事について話をした。

「きみの本を一冊、買ったんだ。『流星の皇帝』というタイトルの本だ」

「読んだの？」ペイトンが少し用心深い顔になって尋ねた。

「ああ、すみからすみまで。戦いの場面がいちばん好きだったな」

「男性読者らしい感想だわ」

「だが、本当にわくわくしたんだ。ドラゴンや金色の翼の巨大コウモリが目に浮かんだよ」

「ありがとう」彼女、ちょっと赤くなったか？

ああ、たしかに赤くなった。

ふたりの注文した料理が運ばれてきた。ペイトンは、〈ハートウッド・イン〉のほうはどうなっているのかと尋ねた。

「まだ会議に次ぐ会議といった段階だ。昼食をとりながら人と会ったり、夕食も似たようなものだな。ぼくはホテルの敷地にトレーラーハウスを停《と》めて、そこをオフィスとして使っている。昨日は会議のためにシアトルへ行って、その日のうちにとんぼ返りしてきたよ」

「わたしとしては、あのホテルに大幅に手を加えるのはいいことだと思うわ。客室のチェック柄を全部取り払うって言ってくれたら、もっとうれしい」

「ああ、全部取り払う。田園地帯の豪壮なリゾート、といった路線を目指しているんだ」

「言葉の響きが気に入ったわ。だけど、心機一転して営業を再開するときは、ホテルの名前も変えるんでしょう？　ハートウッドから〈ハートウッド・イン〉がなくなってしまうのは、ちょっと寂しいわね」

「寂しがることはない。ホテルの名前を変えるつもりはないからね」

ペイトンが明るくほほえんだ。「そうなの？　うれしいわ」

その笑顔を見て、イーストンの自制心は限界に達した。そろそろいいだろう。気軽なおしゃべりはもうじゅうぶんだ。ふたりには、話しあわなければならない重要な問題がある。

ペイトンが小首をかしげた。「言いたいことがありそうな顔ね。なんなの？」

「わかった。じゃあ、言おう。ぼくはきみが書いた小説を読んだ。だがそれだけでなく、きみの日記も読み返した。そして、ふたりが無駄にした時間のことを考えつづけた。いっしょにいるべきだったのに、離れ離れだった時間のことを、だ。ぼくはきみが欲しい。子どもたちとも離れたくない。これまではきみをせかさないよう、自分の気持ちに蓋をしていた。だが、ぼくは五年という長いあいだ、父親になったことすら知らずにいたんだ。子どもたちの誕生の瞬間や、最初の一歩を踏みだす瞬間……本当に多くのものを見逃してしまった。本当のことを言おう。ぼくはずっと前から子どもが欲しかったんだ」

ペイトンが悲しそうな小さい声で先をうながした。「ええ、それで？」

「これ以上、時間を無駄にしたくない。この五年間は、本来なら子どもたちといっしょにいられたはずの時間だった。それに、きみとも」

「なんて言っていいか、わからないわ」

「イエスと言ってくれ。ぼくと結婚してくれ。この先の一生をともに過ごそう」

けれど、ペイトンは首を横に振った。「わたしは故郷を離れたくないの。姉はいま、ひとりで赤ちゃんを産もうとしているわ。そして、わたしたちの育ての親である伯母は、これから年を取る一方よ。今度はわたしが、ふたりの支えになる番なの」

「きみの気持ちはよくわかる」

「だったら、あなたがハートウッドへ越してくるつもりはある?」

それはできない。とはいえ、イーストンの胸には希望の光が差した。ペイトンはノーとは言わなかった。「引っ越せるものなら、引っ越してくるが」

ペイトンが冷めたまなざしで彼を見すえた。「つまり、移ってはこられないという意味ね」

イーストンは返事に詰まった。好きな仕事を犠牲にしない限り、ハートウッドへ移ってくるのは無理だろう。彼は〈ライト・ホスピタリティ〉に確かな足跡を残したいと考えていた。父親が一から築きあげた会社をさらに大きくして、次の世代に渡したい。

「会社はシアトルにある。ぼくの拠点はそこだ」

「わかったわ。それなら、わたしの生活の場はここよ」

けれど、イーストンはあきらめなかった。「ひとつ、いいニュースがある」

「なんなの?」

「少なくとも、〈ハートウッド・イン〉の増改築が軌道に乗る来年の初めまでは、ぼくはこの町にいる」

「そして、そのあとは?」

「そのあとはまた、シアトルを拠点とした生活に戻ることになるだろう」

「そう。よかったわ」

「よかったって、一月にぼくがいなくなるのが?」

イーストンは冗談のつもりでそう言った。けれど、同時に考えざるを得なかった。一月までにペイトンの気持ちを変えられなかったら、いったいどうなるんだ?

「あなたがこうしてハートウッドに戻ってきてくれて、本当にうれしいの。おかげで、これからどうしたらいいかをじっくり話しあって決められるわ」ペイトンの言葉を聞いて、彼の気持ちは少し明るくなった。「あなたがこの町にいるあいだは、できるだけ頻繁に会いましょう。子どもたちにも定期的に会いに来て……」

それほど悪い展望ではないと、イーストンは思った。「だったら、ちゃんと考えてくれたんだね？ぼくときみ、そして、子どもたちの未来を」

「ええ」ペイトンがきっぱりと答えた。

ペイトンはイーストンから目をそらせなかった。信じられない。五年間、ずっと会いたかったイーストンが、いまこうしてテーブルの向かい側に座っている。

〈ハートウッド・イン〉のスイートルームで最後に別れてから、長い長い年月がたった。一週間前の土曜市場に彼が偶然現れるまで、ペイトンは再会をほぼあきらめかけていた。

けれどこの瞬間、イーストンは目の前にいて、ペイトンはみずからに嘘《うそ》をつくのをやめなければならなかった。これ以上はごまかせない。イーストンはわたしにとって、とても大切な男性だ。

おとなになったばかりのころ、ペイトンは一生、結婚しないと心に誓った。結婚とは時代遅れの慣習にすぎない。女性は経済的に自立して、ひとりで子どもを産んで育てればいい。そう考えていた。

わたしには姉のジョージーや伯母のマリリン、それにいちばん上の姉のアレックスがいる。

人生は順風満帆だと、ペイトンは考えていた。昔からの夢をかなえて作家になった。子どもを持つことになるとは予想していなかったけれど、産んでみれば息子たちはかわいくて、目の中に入れても痛くないほどだ。だからすべてを手に入れたと、自分自身には言い聞かせていた。けれど、やっぱり何かが足りなかった。人生を分かちあう誰かがそばにいなければ、深い孤独は埋められない。

結婚という考えに、まっこうから反対しているわけじゃない。その証拠に、一度はカイルと結婚しようとしたじゃないの？

わたしにとっての運命の男性は、未来永劫《えいごう》にわたってテーブルの向こう側にいる男性だ、という可能性がきわめて高い。

イーストンとなら、幸せな未来を思い描くことができそうな気がした。とはいえ、いまの段階でこの感情を愛と呼ぶのは間違っているように思える。けれどもしかすると、時間をかければここから愛が育つかもしれない。

「さっきから、黙りこんでいるね」イーストンがからかいのこもった笑みを浮かべた。

ペイトンは、自分の考えを彼にはっきり言う必要があると思った。「ゆっくり時間をかけましょうね。どうなるか様子を見ながら先に進むの」

「ああ」

彼女は苦笑した。「せめて二、三秒考えてから、返事をしたほうがいいんじゃない？」

「ぼくの心は決まっている。ところで、たのみたいことがあるんだ」

「何？」

「きみと子どもたちをシアトルへ連れていきたい。ぼくの家族に会わせたいんだ」

ペイトンがナイフとフォークを皿の上に置いた。「ゆっくり時間をかけてほしいと言ったばかりでしょう。それなのに、〝子どもたちをシアトルへ連れていきたい〟ですって？　あまりにも気が早すぎるわ。あなたはまだ、子どもたちと仲よくなっている最中よ。じゅうぶんに気心が知れたら、ふたりにあなたがパパだと教えるわ。ほかの家族と会うか考えるのは、それからよ」

「じゃあ、初回はぼくときみのふたりだけなら？」

「イーストン、わたしは〝せかさないで〟と言っているのよ」

「せかす？　とんでもない。ぼくの息子たちはもう四歳だ」

「あなた、さっきからそう言いつづけているわね」

「本当のことだからだ。ぼくたちは五年前にふたりの息子を授かった。ぼくの両親は子どもたちの祖父母なのに、ふたりとも孫がいるとすら知らずにいるんだぞ」

ペイトンが皿の上の芽キャベツをフォークでつつきまわした。「そういう言い方をされると、自分が大変な悪女みたいな気がしてくるわ」

イーストンは腕をのばし、フォークを握る彼女の手を押さえた。「かわいそうだから、それ以上芽キャベツをつつくのはやめてくれ」

「ああ、イーストン。わたしは間違いを正したいと思っているだけなの」

彼はナプキンをテーブルに置き、席を離れてペイトンの隣へ移った。「きみはとても立派にやっている」ペイトンの体に温かい腕をまわす。

彼女が意地を張るのをやめて、イーストンの胸に寄りかかった。彼の体のぬくもりと、なつかしい清潔な香りがとても心地よかった。イーストンの唇が髪に軽く押しつけられる。

イーストンはささやいた。「ぼくが全部、手配するから、いっしょに行こう。週末に、ふたりでシアトルへ」

「あなたがご両親に、どこまで打ち明けたのかも聞いていないのに」

「弟のウェストンにはすべて話した。あいつはきみに会うのを楽しみにしている」

「それで、あなたのお父さんとお母さんには？」

「ふたりにはまだ何も言っていない。きみのことも、子どもたちのこともだ。ぼくとシアトルへ来てくれ。ふたりでうちの両親に報告しよう。家族の夕食の席で。きみとぼく、ウェストンとうちの両親がそろったところで」

「ちょっと怖いわ」

「怖くなんかない」

「だったら、食事をとりながら言うわけ？　あなたのお父さんとお母さんに、あなたたちにはふたりの孫がいますよって？」

「基本的には、そういうことだ」

「どうしたらいいの？　たとえば、あなたのご両親に嫌われてしまったら――」

「ふたりとも、きみを好きになるとも」

「そうだといいけど。でも、想像してみて。わたしがふたりに嫌われてしまったあとで、ペンとベイリーのことを打ち明けるとなると――」

「ペイトン、大丈夫だ、うまくいく。だが、きみの心の準備ができるまでは、何も言わないでおこう。デザートが出されるくらいまではね」

「デザートの時間になっても、わたしの心の準備ができていなかったら？」

「ぼくが言っているのは、何かの理由できみが不安を感じるなら、という意味でだよ。その場合は、子どもたちについては黙ったままでいて、別の適当な機会を待とう」

「つまり、デザートが出されたら、わたしからあなたに合図するってことなの？　全部話してもいいかどうかを？」

「ペイトン、みんなで和気あいあいと夕食をとったら、話していいかどうかは自然にわかると思わないか？」

彼女がワインを口に含んだ。「あなたの言うとおりだわ。雰囲気でわかるはずよね」

「なら、決まりだ。ふたりでシアトルへ行こう」

それでも、ペイトンは不安をぬぐえなかった。けれど、イーストンの家族にはぜひ会いたい。ペンとベイリーのことを、どうしても彼の家族に伝えなければならないからだ。「ええ、いいわ」

ペイトンの肩にまわされたイーストンの腕に力がこもった。「よかった」

彼女は顔を上に向けて、イーストンの瞳をのぞきこんだ。すると胸の奥が甘く締めつけられた。「ああ、イーストン。ずっとあなたに会いたかったわ」

五年前のように、彼がペイトンの首筋をてのひらで包んだ。ふれられて、彼女の口から低いうめき声がもれる。胸のいただきは男らしい唇を求めて痛いほどうずき、体の芯はかっと熱くなった。

「ペイトン」イーストンがもう一度、名前を呼んだ。

「長かったわ」ペイトンはささやいた。

「まるで永遠のようだった」イーストンが彼女に顔を近づけた。

ふたりの唇が、羽根がふれるように軽く重なりあう。けれど、それは最初のうちだけだった。ふたりのあいだに散った情熱の火花は、いきなり燃えあがって炎と化した。キスは深まり、ふたりは互いを貪りあった。

イーストンとの五年ぶりのキスは……まるで奇跡だった。ペイトンはたしかにそう感じた。

彼がわたしを抱きしめている。

目の前にいてくれる。

「やっとだ」イーストンが低い声で荒々しく言った。

ペイトンはその頬にてのひらを添えた。「わたしたち、お行儀よくしたほうがいいわ」

すると、イーストンがテーブルの向こう側から自分の料理の皿を引きよせた。「料理を食べてしまうんだ。今夜は体力が必要になる」

ふたりはイーストンが借りているトレーラーハウスへ向かった。そして到着すると、彼はペイトンをまっすぐ寝室へ連れていった。

「あまり長居できないの」イーストンが女物のシャツのボタンをはずしはじめたとき、ペイトンは釘《くぎ》を刺した。「家へ帰らないと……」続きはうめき声に変わった。イーストンがかがみこみ、白いレースのブラの上からふくらみのいただきに軽く歯を立てたせいだ。彼女は今夜、女らしい下着を身に着けていた。

「せかさないでくれ」イーストンがスカートのファスナーを下ろし、サテンのショーツといっしょに押しさげた。

スカートはあっさりと床へ落ちたが、ショーツはペイトンのブーツに引っかかってしまった。イーストンはその格好の彼女を、消防士が人を救助するときの要領で肩に担ぎあげた。

「イーストン！」

「しいっ」彼はふざけて、ペイトンの裸のヒップを軽く叩《たた》いた。

彼女もすぐさま、イーストンのヒップを叩き返した。

「ほら、到着だ」イーストンがペイトンをベッドに下ろし、ひざまずいて彼女のブーツを脱がせた。

ブラとアーガイル柄のソックスだけの姿になって、ペイトンは背後に両手をついた。「脱ぐのはわたしだけ？」

イーストンが彼女のソックスの一方を抜きとった。

「きみが先だ」

ペイトンは彼の肩を押した。「あなたも脱いで」

彼女は残ったもう片方のソックスを自分で脱ぎ、ブラも取り去った。イーストンはまたたく間に自分の服を脱いで全裸になった。

「ここへ来て」命じたつもりだったのに、ペイトンの声は懇願しているように聞こえた。

イーストンが広いベッドへ上がった。「ペイトン……。きみがここにいる。ぼくのベッドに。ようやくだ……」

そしてペイトンにキスをして、彼女をマットレスへ横たえた。ふたりのキスはいつまでも続いた。

本当にこれは夢じゃないの？　イーストンがわたしの腕の中にいるなんて……。

イーストンが唇を離した。ペイトンが抗議の声をあげる前に、彼女の喉から胸のふくらみへキスの雨を降らせる。ペイトンは両手で彼をさらに近くへ引きよせた。

唇を下へ滑らせる途中で、イーストンがペイトンのおへそに舌を入れた。やがて、キスは彼女のおなかのかすかな白い線の上で止まった。「子どもたちがおなかにいたときにできたのかい？」

ペイトンは男らしい頬に両手を添え、彼を見つめながらうなずいた。瞳は幸せの涙でうるんでいた。

「またあなたと抱きあえるなんて思わなかった」彼女はささやいた。「もう二度と会えないと思っていたの。子どもたちは、父親のことを知る機会もなく育つんだって」

イーストンは歯でペイトンの肌をかすめ、やさしく噛《か》んだ。ペイトンのうめき声を聞き、腕をのばして彼女の唇にふれる。彼女はイーストンの指にキスをし、一本一本に舌を滑らせた。

「ペイトン……」イーストンは濡《ぬ》れた指をペイトンから離し、唇をさらに下へ移動させた。彼女は腿を開いてイーストンを迎えた。

それから、体の中心に彼の唇を感じた。

ペイトンの頭から、この世のすべてがかき消えた。意識に残ったのはただ、イーストンの指とからかうような舌の動き、頂点へいざなう熱いくちづけだけだった。

五年前もそうだったけれど、イーストンはペイトンがのぼりつめようとすると愛撫《あいぶ》をやめ、彼女が続きを懇願せずにいられなくなるまでじらした。

「横暴だわ」ペイトンは抗議した。

イーストンは低く笑っただけで、彼女をさらに追い詰めるための努力を再開した。

ついに、よろこびのいただきをきわめる瞬間、ペイトンは彼の名前を叫んだ。

そのあと、彼女はぐったりしてベッドに倒れこみ、イーストンに抱きよせられた。ふたりは離れ離れだった長い年月を経て、ようやく肌と肌を合わせて横たわった。

それほど時間がたたないうちに、ペイトンがふたりの体のあいだへ手を忍びこませた。それから、彼の欲望のあかしに指をからみつかせた。やがて膝立ちになって前へかがみ、イーストンを口の中に迎え入れる。

「待ってくれ」イーストンがかすれた低い声で命じた。

ペイトンがちらっと上に目を向けると、彼は避妊具の包みを指でつまんで持っていた。彼女は〝まだだめ〟と、首を横に振った。

イーストンがペイトンの目を見て言った。「ペイトン、ぼくはきみの中に入りたい。いますぐ」

情熱をむき出しにしたその表情に、ペイトンは全身がとろけそうになった。そこで折れて、たくましい体から離れた。イーストンが急いで避妊具を身に着ける。

彼がもう一度ペイトンを引きよせ、彼女を自分の下に組み敷いた。そして、待ち望んだぬくもりの中に一度で深く押し入った。

ペイトンはうめいた。

ああ、やっとだわ。

ため息とともにすべてを明け渡して、ペイトンは目を閉じ、甘いよろこびに身を任せた。

8

「ずうずうしいお願いはしたくないんだけど」ペイトンは申し訳なさそうに切りだした。

　金曜日の夜の九時三十分だった。ベイリーとペンは二階の子ども部屋で眠っている。ＤＮＡ鑑定の結果が出てから、一週間がたっていた。

「したくないお願いって何？」伯母のマリリンがビールを飲みながら、ジョージーと目を見かわした。ふたりはにやにやしないように苦労している様子だ。

「待って」ジョージーが目を細くして妹を見た。「当てさせて。あなたと新米パパは駆け落ちすることにしたのね？　だからそのあいだ、ペンとベイリーの世話をしてほしいって言うんでしょう」

「いいわよ」伯母がにっこりした。「もちろん、わたしとジョージーで子どもたちの面倒を見るわ」伯母が上機嫌で、ジョージーの腕をぺちっと叩《たた》いた。「イーストンっていい人じゃないの。わたしは彼が気に入ったわ。子どもたちもすっかり夢中だし、あなたは見るからに恋しているし。〝新米パパ〟と呼ぶのは失礼よ」

　ペイトンは伯母の勢いを押しとどめるために手を上げた。「ちょっと待って、伯母さん。わたし、彼に恋しているとは言ってないわ」

「そんなこと、わざわざ口に出して言う必要はないもの」伯母が彼女をたしなめた。「それに、どうしてそんなにむきになるの？」

「恋しているとは言ってないし、むきになってもいないわ」

「と、彼女はむきになって言いました」ジョージーがにんまりした。ペイトンは姉の腕をぱしっと叩いた。「痛っ！　どうしてみんなわたしを叩くの？」

「こらこら、仲よくして」伯母が姪《めい》たちを叱った。

ジョージーがハーブティーを飲みながら言った。

「わたしもイーストンが好きよ。でも、あの人がパパとして新米なのは事実だもの。そう呼んでも失礼には当たらないわ」

伯母が眉をひそめた。「イーストンがパパとして新米なのは、彼のせいじゃないわ。ペイトンがばかげた取り決めにこだわったから――」

「ちょっと、ちょっと、聞いて！」ペイトンは発言しようと張り切る小学生のように高く手を上げた。

「ふたりにどうしても話さなきゃいけないことがあるのよ」

「どうぞ。聞いてるわ」ジョージーは言った。

「イーストンにたのまれたの。いっしょにシアトルへ行って、彼のご両親と弟さんに会ってほしいって。次の木曜日に出かけて、日曜日に帰ってくる予定よ。でもわたしとしては、まだ子どもたちを彼のご家族に会わせる段階ではないと思うの。だから、申し訳ないけど、できれば――」

伯母が続きをさえぎった。「あなたが留守のあいだ、よろこんでペンとベイリーの世話を引き受けるわ」

ジョージーもうなずいた。「お安いご用よ」

さらに、伯母がペイトンを追い払うような手ぶりをした。「行ってきなさい。義理のご両親に会ってくるといいわ」

「イーストンのお父さんとお母さんは、わたしの義理の両親じゃないわ」

「まだね」伯母がやさしく笑った。

ペイトンは精いっぱい険しい表情をしてみせた。「向こうで何があるかわからないのよ。だから、おとぎばなしみたいな結末は期待しないでね」

マリリンが両手を広げた。「わたしは二十五年前に夫のジョンに先立たれてから、六十五歳の今日まで男っけがまったくなかったのよ。姪っ子のロマンスに浮かれるくらいのことは、大目に見てちょうだい」

ジョージーが鼻で笑った。「伯母さん、マッチングアプリでも試してみれば？」

「あら、わたしにはアプリなんか必要ないでしょう？」そう言って、伯母がほほえんだ。

驚いたジョージーが、あらためて伯母の顔をまじまじと見つめた。「ちょっと待って。わかったわ。アーネストが伯母さんにデートを申しこんだのね？」

「あの人とわたしは友達よ」伯母が澄まして答えた。

カリフォルニアでアーティチョーク農場を経営しているアーネスト・ベッジーニは、カイルの父親トムの長年の友人で、いまはハックストン家に滞在している。先日、彼はトムやカイルといっしょにワイルドローズ農場へやってきて、危険な枯れた大木を始末してくれた。

「もう友達になったんですってね」ペイトンは伯母をからかった。

「明日の夜、ふたりで食事に行くことになっているの」

伯母の報告に、ジョージーがにんまりした。「恋の花が咲きかけているってこと？」

「わたしたちは友達よ」伯母は言い張り、ペイトンのほうを向いた。「じゃあ、そういうことで決まりね。あなたは木曜日にシアトルへ行って、留守中の子どもたちの世話は、わたしとジョージーで引き受けるわ」

「ありがとう」

ジョージーが妹を見て言った。「あなたったら、また唇を噛《か》んで。よしなさい。心配しなくたって、何もかもうまくいくから。先方のご両親はきっとあなたを大好きになるわ」

「まさに空飛ぶタクシーね」飛行機が空港を飛びたつと、ペイトンは冗談を言った。彼女とイーストンが乗っているのは、ふたりのほかは操縦士と副操縦士だけの小型ジェットだった。

「これなら一時間ほどでシアトルへ着く。車だとその三、四倍は時間がかかるからね」

「多忙なホテル業界の大物は、できるだけ早く目的地に着く必要がある、というわけね」

「茶化さないでくれ。だが、そのとおりなんだ」

「シアトルのあなたの家を見るのが待ちきれないわ。きっととんでもなく豪華で……」

まさしく、その言葉どおりだった。

イーストンの家はシアトルの北西部にある港のそばの、三階建ての建物だった。広々とした寝室が三つもあり、それぞれに贅《ぜい》をこらしたバスルームがついている。

イーストンはペイトンの小さなスーツケースを、さっさと三階の主寝室に運びこんだ。

ペイトンは主寝室の窓際に立ち、考え深げな表情でサーモン湾を見おろした。

彼の大きくて温かい手が、背後からペイトンの肩に置かれる。

「ここからの眺めはすばらしいわね」彼女は言った。

「ここに立つきみは美しい」彼の唇がペイトンの首筋をかすめた。

「実を言うと、あなたのご家族に会うせいで、とても緊張しているの」

イーストンがペイトンの体を自分のほうへ向かせた。「緊張することはないよ。みんな、とてもきみに会いたがっているんだ」

「待って。ご家族に話すのはあとでって――」

彼女の唇に、イーストンが指をのせた。「両親はまだ、ペンとベイリーのことは知らない。この前決めたとおり、いっしょに報告しよう」

「もしかして、先にあなたからご両親に説明したほうがよくはないかしら？」

イーストンが黙ってやさしく見つめる。

「わかったわ」ペイトンはため息をついた。「きっと、あとでも先でも変わりはないでしょうね」

「ウェストンはまだ独身で、ぼくは一度、離婚している。父と母は、喉から手が出るほど孫を欲しがっているんだ。すでに双子の孫がいるとわかったら、大よろこびするに決まっている」

「でもやっぱり、今日のうちに全部おわってしまえばいいと思うわ」イーストンの家族との食事は、明日の夜ということになっていた。

「そんなに心配なら、両親に電話して、今夜——」

今度はペイトンが彼の唇の上に指を置いた。「だめよ。わたしの言うことを本気にしないで。明日の夜で大丈夫よ」

イーストンがペイトンの頬にふれた。「きみの気持ちを明日の夜からそらす必要がありそうだ」

彼女は熱っぽく陰った青い瞳を見て、彼の目論見《もくろみ》を察した。「あら、まあ、大変……」

「どうかしたかい？」

「いいえ、なんでもないわ」ペイトンはイーストンの首に両腕をまわし、あと少しでふれるところまでお互いの唇を近づけた。「あなたにキスしたいと思っただけよ……」

その夜、ふたりは深夜二時近くまで求めあった。ようやく眠りに落ちる寸前、ペイトンは彼に言った。「ハートウッドへ帰ったら、ふたりともあまりべたべたしないように気をつけなくちゃね」

イーストンが彼女の首筋に顔をうずめた。「どうして？」

「大切なことに気持ちを集中させるためよ」

「きみは大切な人だ」イーストンがペイトンの顎に歯を立てた。「ぼくと結婚してくれ。そうしたら、家庭に気持ちを集中できる。問題解決だ」

「遠距離恋愛ならぬ、遠距離結婚をするわけ？　問題が解決するとは思えないわ」

イーストンがごろりとあおむけになって、ペイトンの体を抱きよせた。「そんなに心配しなくても、万事うまくいくよ。少し眠るといい……」


翌日、イーストンは複数の会議に出席するため、会社に出かけた。ペイトンは午前中、アシスタントに連絡を取り、出版する作品に関する打ち合わせをした。昼には農場に電話して、子どもたちと話した。

その後はイーストンの自宅の周辺を散歩した。途中で二軒の書店に立ちより、店主や店員とおしゃべりをして、自分の本の在庫にサインした。

イーストンの家へ戻ったペイトンはシャワーを浴びてから、今夜のために特に入念に選んだフレアスカートと青いセーターを着た。スカートとセーターは美しく、時宜にかなっていた。でも、本当にこれでいいのだろうか？　どうしてもう一枚くらい、候補を持ってこなかったのだろう？

「候補を持ってきても同じよ。どうせ気に入らないに決まってるわ」鏡に映る自分のしかめっ面に向かって、ペイトンは言った。

「そこで誰と話してるんだい？」イーストンがウォークインクローゼットの扉口に姿を見せた。

ペイトンは歩みよって、彼の首に両腕をまわした。「あなたには関係ないの。会議はどうだった？」

「だらだら続いて、まいったよ」イーストンが彼女にキスをした。「その服、とてもすてきだ」

数歩あとずさりし、ペイトンはスカートを両手でつまんでお辞儀した。「恐縮ですわ」

「さっとシャワーを浴びてくる。そのあとで、出かけようか」

イーストンの両親が住む美しい邸宅は、ワシントンパークのまん中あたりを通る、曲がりくねった歩道の突きあたりにあった。

「すてきなおうちで育ったのね」玄関ポーチに近づきながら、ペイトンは言った。

ふたりが邸宅の前に着いた瞬間、マホガニー材の重厚な玄関扉が勢いよく開いた。金髪をショートボブにした年配の美しい女性が、満面の笑みでふたりを迎えた。「来たのね！　さあ、入って入って……」

ペイトンとイーストンは玄関ホールに入った。

「はじめまして」女性の後ろにいた背の高い男性が言った。「イーストンの父のマイロンだ」

「母のジョイスよ！」金髪の女性が興奮ぎみの口調で自己紹介した。「あなたがペイトンね。お会いできてうれしいわ」そして、息子のほうを向いた。

「イーストン……」

「やあ、母さん」彼は母親を抱きしめた。

「中へどうぞ」もうひとりの男性が言った。イーストンの双子の弟だ。ふたりは一卵性双生児で、ベイリーとペンのようにそっくりだった。けれど、ウェストンはイーストンよりやや髪が長く、まなざしに無鉄砲そうな輝きがあった。

数分後には、全員が居間の巨大な暖炉の周りに腰を下ろした。マイロンはそれぞれに酒を注《つ》ぎ、一同はおしゃべりに花を咲かせた。

ペイトンの緊張はしだいに解けていった。ジョイスとマイロンはいい人たちのようだ。ふたりは、息子が交際相手を家に連れてきたのをとてもよろこんでいる。ペイトンはウェストンのことも好きになった。イーストンの双子の弟には茶目っ気があり、それでいて誠実そうなところは兄と同じだった。

やがて、五人はダイニングルームへ移動した。なごやかで楽しい集まりだった。ペイトンは、さっきまであんなに緊張していた自分を笑い飛ばしたくなった。

マイロンが、新しく買った小型船にペイトンをぜひ招待したいと言いだした。

ジョイスは、息子がとうとう特別な女性と出会ったことに有頂天だった。「実はね、ペイトン。この二、三年、わたしはとても心配だったの。うちの息子たちには決まった相手ができないんじゃないかって——」

「母さん」イーストンが警告の声を発した。

ジョイスが笑い、マイロンが妻の手をぽんぽんと叩いた。「そうね。とにかく、あなたが来てくれて、うれしいわ、ペイトン」

マイロンがペイトンに話しかけた。「きみはご家族の農場を手伝いながら、小説を書いているそうだね?」

ペイトンはイーストンをちらっと見た。「わたしについて、ご両親に何を話したの?」

ジョイスが上の息子をとがめるようににらんだ。「イーストンはほとんど何も教えてくれなかったわ。ただ五年前にあなたと出会って、最近、再会したってことだけ」

「それに再会できて、どれほどうれしいかということもだ」マイロンが言い添えた。

会食が順調に進んでいることに気をよくして、ペイトンは故郷での日々や、書いている作品について少し話した。

ジョイスが言った。「昔、マイロンと約束したのよ。年を取ったら、いっしょにいろんなところを見てまわりましょうねって。この人、キャンピングカーを買いたがっているの。車でアメリカじゅうを旅したいんですって」

「何がいけないんだね?」マイロンがコーヒーを飲

んだ。「のんびりと、古きよきアメリカを見てまわりたいんだよ」

「あなたの農場があるオレゴン州へも行かないと」ジョイスがペイトンに言った。「フッド川沿いのあたりは景勝地として有名ですもの。それに、イーストンが取りつかれたようにこだわっている〈ハートウッド・イン〉もあることだし」彼女がわけ知りな笑みを浮かべた。「それにしても、息子があのホテルに執心する理由がようやくわかったわ」

イーストンは弟と顔を見あわせ、互いににやりとした。

夕食会の雰囲気はとてもいい。

ペイトンはぼくの父や母と意気投合した様子だ。これなら何もかもうまくいく。イーストンは確信を持った。いずれはペイトンを説得して、結婚に漕《こ》ぎつけることができるだろう。そうなれば、子どもたちとシアトルへ移ることに、彼女も同意してくれるはずだ。

今夜のイーストンは、五年前のばかげた取り決めのせいで、ペイトンと離れ離れになった自分を許せそうなくらい幸せだった。

全員が子羊肉の料理を食べおわると、ジョイスがコーヒーと苺《いちご》のクリームタルトを食卓へ運んだ。

イーストンはペイトンと決めたとおり、デザートの時間になるまで大ニュースの発表を差しひかえていた。

「あなたの好物よ」タルトの皿を息子の前に置いて、母が言った。

「おいしそうだ」

ジョイスが食卓の全員にデザートの皿を配った。イーストンは隣に座ったペイトンに、こっそり問いかけのまなざしを向けた。すると、彼女が輝くような笑みで応えた。

よかった。いまのはペイトンからのゴーサインだ。

イーストンは母が自分の席へ戻るのを待って、おもむろに口を開いた。「母さん、父さん」彼はペイトンのほうへ手をのばした。彼女がその手を取る。

「突然だけれど、今夜はペイトンとぼくから、ふたりを驚かせる報告があるんだ」

母が頬を紅潮させてくすくすと笑った。息子が恋人にプロポーズして、イエスという返事をもらったと考えているに違いない。

たぶん、そんな会話を夫婦で事前に交わしたのだろう。母は父に勝ち誇ったまなざしを向けている。

マイロンが息子に言った。「びっくりさせられるのは大好きだな」

そこで、イーストンは切りだした。「実を言うと、ぼくは五年ぶりにペイトンと再会しただけではなかったんだ。彼女が双子の男の子を産んでいることも知らされた」

母が息をのんだ。「ちょっと待って。あなた、いま赤ちゃんがいると言ったの？」

「ふたりの男の子がね、母さん。双子なんだ」

横からペイトンが説明した。「五年前、イーストンとつきあっていたときに妊娠したんです。息子たちはペンとベイリーという名前で、いま四歳です」

「もうDNA鑑定はすませたから、間違いない」イーストンは言った。「母さんたち、孫に会うのを楽しみにしててくれ。きっとひと目で夢中になるよ」

「だけど、イーストン。お願いだから待ってちょうだい。わけがわからないわ」ジョイスが口早に言った。「あなた、言ったじゃない？　彼女とは青空市場で偶然、再会したんだって」

「そうだよ」

「わからないわ……」母はすばやく夫に視線を投げた。その様子は完全に……腹をたてている。イーストンには理由の見当がつかなかった。「いったい、どういうことなの?」母が尋ねた。

マイロンがかぶりを振った。

まるで、奇妙な夢を見ているようだった。イーストンたちは、ついいましがたまで和気あいあいと食事をしていた。なのに次の瞬間、唐突にすべてが一変してしまったのだ。「母さん? 何がどうしたっていうんだ?」

イーストンの母がゆっくりと口を開いた。「ききたいのはわたしのほうよ。その子たちがあなたの子だと、どうしてわかるの?」

「もう言っただろう。DNA鑑定をしたって」

そのとき、ペイトンが握られていた手を振りほどいた。

彼女が青ざめた顔でジョイスに言った。「わたしとイーストンは五年前に知りあいました。そして、お互いに住所や電話番号は教えないと約束したんです。あのときはどちらも、真剣な交際を望んでいませんでした。だから、彼がハートウッドを去るとき、ふたりの仲もおわらせようと話しあったんです。お互いに、別々の道を行くと……。でもあとになって、わたしは妊娠していることに気づきました」

ジョイスが冷ややかにペイトンを見すえた。「そう。わかったわ」

「いったいなんなんだ、母さん?」イーストンは尋ねた。

母が息子をにらんだ。「お願いよ、イーストン、よく考えて。DNA鑑定は簡単に結果を偽造できるわ。弟の身にあったことを考えれば、すぐにわかったはずよ」

ウェストンがうめいた。「やめてくれよ、母さん。それとこれとは話が別だ。イーストンは五年前からペイトンに恋していたんだ。彼女はナオミみたいな女性じゃない」

ナオミ。イーストンはようやく、何が問題なのかを理解した。

「話が別ってなんのこと？　ナオミって誰なの？」ペイトンが尋ねた。

イーストンは、動揺している彼女の視線をとらえた。「母は誤解しているんだ」

「何を？」

「長い話だ。ぼくはナオミのことをすっかり忘れていた。あの一件の影響を考えておくべきだったんだ」

ペイトンが眉根を寄せた。「どういうことなの？　わけがわからないわ」

「あら、あなた、聞いていないの？」ジョイスが口を挟んだ。「六年前、ナオミ・ペイジという女性が、ウェストンの子を妊娠したと言いだしたのよ。ナオミは偽造したDNA鑑定の証明書を持って、わたしたちの前に現れたわ。いかにも誠実そうな顔をしてね。わたしたちはみんな、おなかの子はウェストンの子だと信じこんでしまった。もしも子どもの本当の父親が名乗り出なかったら、ウェストンはナオミにお金をたかられて、無一文になっていたでしょうよ。ウェストンは婚約を解消し、再度のDNA鑑定を要求したの。その結果、うちの息子は父親ではないとわかったわ。ナオミはお金目当ての嘘《うそ》つきだったわけ」

ペイトンが震えながら息を吸い、ふたたびイーストンに視線を向けた。その目は彼を責めていた。「そんな話、一度も聞かせてくれなかったわね」

「すまなかった。頭をよぎりもしなかったんだ。重大だと思っていなかった。何年も前の話だし、弟の身にあったことだったから」

「すまない、ペイトン」ウェストンが悲しそうに謝ってから、母をにらんだ。「ペイトンもそうだと思うなんて、母さんは完全に間違っている」

「男は女にだまされやすいのよ」ジョイスが言った。

イーストンは母に向き直った。「母さん、口をつつしんでくれ。せっかく来てくれた人に対して、あんまりじゃないか」

「わたしの態度があんまりだっていうの？」ジョイスがペイトンのほうへ手を振った。「あなたからお金を巻きあげようとしているのは、彼女なのよ。わたしはそれを、あなたにわからせようとしているだけだわ」

ペイトンが大きく息をのんだ。

イーストンは母を平手で叩きたくなった。「母さんは誤解しているんだ。そのうえ、あとになっても取り返しのつかないことを口にしている。言っただろう、ぼくがDNA鑑定を手配したって？　ペイトンと子どもたちは指定された病院へ行って、看護師に検体を採取してもらったんだ。結果を意図的に操作するなんか不可能だ」

「もう一度、DNA鑑定をおこなうべきだわ」ジョイスが言った。

「母さん、よしてくれ。ぼく自身がうちの顧問弁護士に電話して、信頼できる研究所を推薦してもらったんだ。鑑定方法は万全だった」

ジョイスが夫に怒りに満ちたまなざしを向けた。「マイロン、なんとかして。息子は聞く耳を持っていないから」

父が言った。「イーストン、お母さんとわたしはおまえと三人で話がしたい」

「おことわりだ。父さんだってわかっているだろう。母さんは頭に血がのぼって、騒いでいるだけだ」イーストンは母に険しい視線を向けた。「母さんが家族のためならどこまでも闘う人なのはわかっている。でも、いまは頭を冷やしたほうがいい。母さんの言っていることは見当違いだ」

ジョイスがつんと顎を上げた。「もう一回、DNA鑑定をしなさい。今度はわたしとお父さんで手配するわ」

「冗談じゃない」イーストンは立ちあがって、ペイトンを見た。「ああ、本当にごめん。もう帰ろう」

けれど、彼女が首を横に振った。「ご両親があなたと三人で話したいとおっしゃっているわ。どうぞ、そうして」

「いや、話すだけ無駄だ。いまのところ、このふたりが何を考えていようとどうだっていい」

「でも、わたしは気になるの。身に覚えのないことで悪者扱いされるのはごめんだわ。とにかく、ここでの言い争いには巻きこまれたくない」ペイトンに腕をつかまれ、イーストンは席を離れた。彼女はイーストンを部屋のすみへ連れていくと、彼から手を離してささやいた。「あなたとわたしはなんの約束もしていないのよ」

イーストンは拳で殴られたような衝撃を感じた。

「待ってくれ、ペイトン。それは違うだろう」彼はペイトンの手を取ろうとした。

彼女がさっと両手を上げた。「よして！」

テーブルからマイロンが言った。「その人を帰らせてあげなさい」

イーストンは父を無視した。「ペイトン、お願いだ――」

ペイトンが鋭い口調で彼をさえぎった。「お父さんたちと話しあって。わたしは別の部屋にいるわ」そして歩きだした。

イーストンはあとを追いかけたかったが、戻るよう言われるだけなのはわかっていた。

仕方なく、双子の弟に目配せする。

ウェストンはすでに立ちあがっていた。「ペイトン、待ってくれ。ぼくも行く」

居間へ戻ったペイトンは、そのまま歩きつづけて玄関の外へ飛びだしてしまいたかった。

けれど、イーストンの弟が言った。「どうか、座ってくれ」

ペイトンは立ち止まった。「だけど……」

ウェストンがやさしく彼女の腕を取り、安楽椅子へ導いた。「座って」

「わかったわ」ペイトンは椅子に腰かけた。

「酒が必要な状況だろうな。ウオツカ・トニックでいい？」

「なんでも。ああ、本当にひどいことになってしまったわ」彼女はウェストンが差しだしたウオツカ・トニックのグラスを受けとった。「ありがとう」

彼が自分にスコッチ・ウィスキーを注ぎ、別の椅子に腰かけた。「母が申し訳ない。だが言い訳すると、ナオミの一件は母の心に深い傷を残したんだ。母は初めての孫が生まれると聞いて、舞いあがってしまった。念のため、もう一度DNA鑑定をという父親と大げんかしたくらいなんだ。しかも、ナオミは母の気持ちをもてあそんだ。あるときは母をちやほやし、あるときは急に腹をたてて、孫には絶対に会わせないと脅したり――」

「それは誰でも傷つくわね」ペイトンはつぶやいた。「でもだったら、なぜイーストンはこうなることがわからなかったの？」

「ペイトン、この話は昔のことだ。イーストンはぼくじゃないし、きみはナオミじゃない。信じてくれ。きみとナオミに似ているところはかけらもない。ナオミは本当に欲が深かった」

「でもあなたのお母さんは、わたしを見て彼女を思い出したみたいよ」

まるでその言葉が合図だったように、ダイニングルームからもれてくる声が大きくなった。「お願いだから聞いてちょうだい。もしかすると、あの人には病院に知り合いがいるのかもしれないでしょう？きっと、検体を採った看護師が仲間だったのよ」

イーストンが反論した。「DNA鑑定をしてほしい、と言い張ったのは彼女なんだ」

「そうでしょうとも。それがあの人の作戦なのよ。しかも子どもがいるのを、どうして五年間もあなたに黙っていたの？」

「話しただろう、母さん。ぼくがハートウッドを離れたあと、彼女にはぼくを見つける手段がなかったんだ。ペイトンは、ぼくがどこの誰か知らなかったんだよ」

「どうして？　電話番号さえ教えていなかったのなら、お互いに行きずりの仲だったわけね？」

「やめてくれ。母さんの理屈は破綻している。ペイトンがぼくを罠《わな》にかけるために妊娠して、その後五年間、ぼくがハートウッドに現れるのを辛抱強く待っていたっていうのか？　自分がどんなにばかげたことを言っているか、わからないのかい？」

ペイトンはグラスの酒を大きくあおった。けれど、アルコールはなんの役にも立たなかった。この家から出ていかなくては。いますぐに。彼女はポケットから携帯電話を出した。

「ペイトン」ウェストンの声音は心配そうだった。「何をしているんだい？」

「友達にメールしてるだけよ」彼女はごまかし、アプリで車を呼んだ。

ダイニングルームでは、親子の言い争いがますます激化していた。「あなた、きっともうあの人にプロポーズしてしまったんでしょうね？」

「当然じゃないか。ぼくはペイトンと結婚したいんだ。しかも、ふたりのあいだには双子の男の子がいる」

「あの人は、あなたが義務感からプロポーズするように仕向けたのよ。あなたはだまされているわ。すぐに弁護士に連絡しなくちゃ。そして、本物のDNA鑑定をしてもらうの」

ウェストンが椅子の上で身を縮めた。

ペイトンは怒りの混じった笑い声をもらした。

「母さんはそのうち落ち着くから」申し訳なさそうに、イーストンの弟が約束する。

酒のグラスをサイドテーブルに置いて、彼女は立ちあがった。「失礼するわ。あっちの部屋にいる人たちには、何も言わないでね」

「だが、ペイトン――」

「慰めようとしてくれて、ありがとう。だけど、悪口を聞かされるのはたくさん。呼んだ車が表に来たみたいだわ。あなたはここでスコッチでも飲んでいて」

ダイニングルームのほうからは、まだ言い争う声が聞こえていた。ペイトンは振り返ることなく、玄関ホールでコートとバッグをつかんで外へ出た。

9

アプリで呼んだ車が最初の角を曲がって二分とたたないうちに、ペイトンの携帯電話が鳴りだした。イーストンからだったが、彼女は呼び出し音には応えなかった。その後、シアトルの空港へ着くまでに、彼からは三通のメールと四度の電話があった。

空港へ着くと、携帯電話の電源を切り、ポートランド行きの飛行機の座席を予約した。二十二時五十五分発の最終便だった。

イーストンはわたしが空港へ向かったと見当をつけ、あとを追ってくるだろうか？

飛行機の出発時刻までにはまだ何時間もあったけれど、ペイトンは手荷物検査のゲートを通って中へ入った。そして搭乗口の近くに座り、搭乗時間を待った。そのあいだ、ゲートを通るためだけにチケットを買ったイーストンが、目の前に現れるのを恐れていた。

けれども同じくらい、彼が現れないほうも恐れていた。心の底では、あとを追ってきてほしいと思っていた。

ああ、支離滅裂だわ。ペイトンは携帯電話の電源を入れた。怒涛《どとう》のように現れる不在着信や受信メールの通知を無視して、家にいるジョージーに電話する。姉の声を聞くと、ペイトンは泣きだしそうになった。

ジョージーはすぐさま妹の異変を察知した。「何かあったの？　どうかした？」

「いまは話したくない。今夜のうちに家へ帰るわ」

「いま、どこにいるの？」

「シアトルの空港よ。ポートランド行きの最終便に乗るわ」

「イーストンのせいね」ジョージーは吐きだすように彼の名前を口にした。

「彼から電話があったの？」

「いいえ。わたしはあの人に携帯電話の番号を教えていないの。でも農場に電話して、マリリン伯母さんと話すことはできるでしょうね」

「今夜のことで伯母さんを煩わせたくないわ」いずれにしろ、イーストンとは向きあわねばならない。ペイトンはそのことに気づいた。「あとでわたしが彼と話すわ」

「あなた、本当に大丈夫？」

「これくらいで死にはしないわよ。わたしの乗る飛行機は、二十三時四十五分にポートランドに着く予定だから」

「迎えに行くわ」

「いいえ、いいの。子どもたちといっしょにいて」

「なら、アレックス姉さんに電話しなさい。都合よくポートランドに住んでいるんだもの。姉さんに農場まで送ってもらうといいわ」

「アレックス姉さんまで巻きこみたくないわ」

「電話して。それがいやなら、わたしが迎えに行くわ」

「わかったわよ。アレックス姉さんに電話する」

「それでいいわ。さあ、話してちょうだい。イーストンはあなたに何をしたの？」

「帰ったら、全部話すわ。約束する」

通話を切ると、ペイトンはイーストンにメールした。

〈わたしは大丈夫だから、心配しないで。でも、いまは話したくない。家へ帰るところなの〉

送信後、ほとんど間を置かずに電話が鳴りだした。

ペイトンはもう一通メールを送った。

〈イーストン、話したくないって言ったでしょう〉

メールの語調で言いたいことは伝わったかと思ったが、そうではなかった。

〈ペイトン、お願いだ、いまどこにいる？　迎えに行く。そうさせてほしい〉

〈だめよ。明日、話しましょう。午後にこちらから連絡するわ。農場へは電話しないでね〉

〈ぼくは自宅へ戻った。きみの荷物がまだここにある。逃げないでくれ。ぼくが迎えに行くから〉

堂々巡りだ。ペイトンは最後にもう一通メールを送って、携帯電話の電源を切った。

〈電話の電源を切るわ。明日、話しましょう。おやすみなさい〉

ポートランドの空港ターミナルを出ると、アレックスの車が路肩に停《と》まっていた。ペイトンは助手席のドアを開けて、姉のアウディに滑りこんだ。

「おかえりなさい」アレックスがペイトンを抱きしめた。「大丈夫、ペイティ？」

ペイトンは姉を抱きしめ返した。「〝ペイティ〟はよして。わたしは子どもがふたりいる母親なのよ。赤ちゃんのときのあだ名で呼ばれるほど、幼くないわ」

「あなたはいつだって、わたしのちっちゃい妹よ」

「姉さんったら。とにかく、わたしは大丈夫。悲しくて、腹がたって、みじめで、早く家に帰りたいだけ」

姉妹は抱擁を解き、それぞれの座席に座り直した。アレックスが尋ねた。「いますぐ？」

「できるだけ早く帰りたいわ」

「オーケイ」姉が車のギアを入れた。「スーツケースはないの？」

「ええ。彼のご両親の家を飛びだしてきたの」

アレックスが車を出した。真夜中なので、道路はとてもすいていた。

ペイトンは前を見たままで言った。「アプリで呼んだ車で帰ってもよかったのに」

姉がかすれた笑い声をあげた。「冗談でしょう？　このところずっと農場へ帰っていなかったから、ちょうどいい機会だと思っているのに」

「だったら、よかった」

「ハートウッドまで一時間くらいかかるわ。打ち明け話をするには、じゅうぶんな時間よ」

ペイトンはいちばん上の姉に、イーストンとの思いがけない再会から、今夜の出来事に至るまでのすべてを話した。

「すると、イーストンのお母さんの態度が豹変《ひょうへん》したの」ペイトンは思い出して身震いした。「直前まで、息子が特別な相手を連れてきたってはしゃいでいたと思ったら……急にわたしをお金目当ての嘘《うそ》つき呼ばわりしはじめたのよ」

アレックスはちらっと同情のまなざしを助手席に向けた。「かわいそうに。ひどい目に遭ったのね」

「ええ」ペイトンは目をつぶった。「だけど、これでよかったのかもしれない。イーストンはわたしと結婚すると言って聞かないの。でも、あの人はシアトル以外の場所で暮らすわけにはいかないのよ。なのに、知恵を絞ればなんとかなるって。わたしは、ジョージーと伯母さんのそばを離れる気はないって言ってるのに」

「人の意見に耳を貸さない人なの？」

「そうは言ってないわ。ただ、わたしには考える時間が必要なのよ。結婚は人生の重大事だもの」

「だけど？」

「だけど、子どもたちのことを考えて、心が揺らぎはじめているの。シアトルへ移ったとしても、夏休みや農繁期に農場へ戻ってくればいいんじゃないかしら。イーストンはお金持ちだから、いつでも飛行機に乗って帰ってこられるかもしれない。柔軟な考えを持つだけでいいのよね……」

アレックスはペイトンに思いやりのこもった目を向けた。「なのに、いまになってみると、どんな方法もうまくいきそうにない？」

「というより、ふたりとも先走ってしまったんだと思うの。結婚の話をするのが早すぎたのよ。それに、今夜あんなことがあったあとだと、結婚がうまくいく可能性なんてまったくない気がするわ」

アレックスがペイトンの家の前にアウディを停めたのは、日付が変わったあとの午前一時だった。

「子どもたちはジョージー姉さんの家にいるの」ペイトンは言った。「アレックス姉さんは二階で休んで」

「ありがたいけど、わたしは——」

「待った。これからポートランドへ帰るとは言わせないわ」

「でも、仕事が——」

「〝でも〟はなし。姉さん、今日は土曜日よ」

「土曜日はオフィスが静かだから、仕事がはかどるのよ」アレックスが言い訳した。

「だめ。せめて何時間か寝てからでないと、帰すわけにはいかないわ」

ペイトンは家に入って、姉を二階へ案内した。そのあとは一階の自分の部屋へ戻り、寝る支度をしてベッドにもぐりこんだ。

携帯電話の電源は入れなかった。イーストンから来たメールを読み、留守番電話で彼の声を聞いたら、きっと眠れなくなってしまう。

二時ごろ、外の風が強くなり、雨も降りはじめた。ペイトンは天井を見つめたまま、吹き荒れる風の音を聞いていた。

三時少し過ぎ、表に一台の車が停まった。誰が乗っているかは、確かめなくてもわかっていた。ペイトンはスリッパを履き、温かいカーディガンをはおって部屋を出た。ちょうど、アレックスが二階から下りてきたところだった。

「共同戦線を張る？」姉がきいた。

「ええ、そうしましょう」

フード付きの上着を着たイーストンが激しい雨の中、背中を丸めて玄関前の小道を走ってきたとき、姉妹はすでにポーチに出て待ちかまえていた。彼はペイトンが置いていったスーツケースを持っていた。並んだ姉妹を見て少しためらったが、足を止めずに近づいてきた。

イーストンがポーチの屋根の下に駆けこむと、アレックスが胸の前で腕を組み、口を開いた。「わたしはアレックスよ。ペイトンのもうひとりの姉」

彼がスーツケースを下ろした。「やっと会えましたね」疲れきっている様子だ。

アレックスが皮肉を口にした。「裁判所に接近禁止命令を出してもらおうかと思っていたところよ。おいったい、何しに来たの？」

イーストンが肩をすくめた。「謝罪をしに。今夜の騒ぎはぼくのせいだから、許しを請いに来ました」ペイトンに向き直ったとき、目は後悔に満ちていた。「ぼくの考えが足りなかった。きみを連れていく前に、両親に一から事情を説明しておくべきだったんだ。母のばかげた誤解を解くのは、本来ぼくの役目だった。ただ、本当にあんなことになるとは思わなかったんだ。六年前のウェストンの災難を、ぼく自身と関連づけられるとは想像もしていなかった」

アレックスが肘でペイトンをつつき、何か言うよう小声でうながした。「すでにどっぷり後悔している相手を拷問しても、あまりおもしろくないわ」そして、玄関の扉のほうへ頭を傾けた。「わたしはもう引っこむけど……」

ペイトンはうなずいた。「おやすみなさい、姉さん」すると、姉は家の中へ戻った。

張りだしたポーチの屋根の下にいても、湿った冷たい風は体に吹きつけた。ペイトンは、イーストンを家の中に招き入れようか考えた。

いいえ、だめよ。彼を中に入れたら、なおのこと気持ちが弱くなるだけだわ。

イーストンが言った。「謝罪の言葉も思いつかないよ。きみがあんな目に遭わされる理由は、まったくない」

雨が激しく屋根を叩《たた》く。一陣の強い風がペイトンの髪をなぶった。「やっぱり、子どもたちのことを伝えるときは、もっと慎重であるべきだったわ。ベッドの中で今夜のことをずっと考えていたの。あなたのお母さんが激高するのも無理はないと思うわ」

「なんだって？」彼が眉根を寄せた。

「イーストン、わたしだってきっと疑うわ。たとえば、おとなになったうちの子がある日突然、見ず知らずの女性を連れてきて、〝実はぼくたちのあいだには子どもがいる〟と言いだしたらね。お母さんは息子を守ろうとしただけだったのよ」

「疑いを持つことと、人前でそれを口にすることは同じじゃない。母は別の機会に、ぼくひとりに問いただすことだってできたはずだ。腹がたって仕方ないよ。母にもそうはっきりと伝えた。ぼくはもうれっきとしたおとなだ。人生の選択に関して、母に口を出されるいわれはない」

ペイトンは悲しげに笑った。「お母さんは、家族を傷つけられまいと必死だったのよ。その気持ち、わたしにはわかるわ。とはいえ、今夜のショックを乗り越えるには少し時間がかかりそうだけど」

「ペイトン……」イーストンが彼女に手を差しのべた。

ペイトンはその手を避けて後ろへ下がった。「よして。ねえ、聞いてちょうだい。やっぱり、やり方を変えなくてはいけないわ」

「どういう意味だい？」

「子どもたちの養育に関して、わたしとあなたには解決しなくてはならない問題がたくさんある。でもその一方で、結婚については考えるべきではないと思うの」

「なんだって？　それはできない」

「お母さんとお父さんは、わたしがお金欲しさに息子をおとしいれたと考えているのよ。そういう人たちを義理の両親に持つなんてあり得ないわ。今夜の出来事は、きっと警鐘だったのよ」

「違う。今夜の出来事はぼくの母の暴走だ。だが、誓って母はいずれ冷静になる」

ペイトンは譲らなかった。「冷静になるか、ならないかはどうでもいいわ。わたしの子ども時代は、人並みの安定とはほど遠いものだったの。母は自分にしか興味のない変わり者で、めったに家にいなかった。いまだにわたしは実の父親がどこの誰なのかを知らない、誰からも望まれない子どもだったわ。これだけでもひどい話でしょう？　なのに、そのうえまた、あなたのご家族から厄介者の詐欺師呼ばわりされるなんて、まっぴらだわ」

「きみの過去と、ぼくたちの結婚とはなんの関係もない」

「そうかもね。だけど、わたしは正直な気持ちを口にしているの。いずれにしても、わたしたちは急ぎすぎたわ。恋愛感情が芽生えたとしても、そこには歯止めをかけないと」

「違う、ペイトン。きみは怖がっているだけだ。いずれ、すべてが丸く収まって――」

「やめて！」ペイトンが叫び、イーストンがたじろいだ。「大声を出してごめんなさい。だけど、勇み足はつつしむべきだわ。ええ、ふたりはまだ惹《ひ》かれあっている。わたしたちのあいだには、ふたりのかわいい男の子もいるわ。だけど、まだとうてい結婚を考える段階ではないのよ。あなたは来年の初めまでハートウッドにいるわけだから、そのあいだに、子どもたちとはできるだけ頻繁に会ってちょうだい。そして、今後についてよく考えて。子どもたちと過ごす時間の配分や何かをね」

イーストンが首の後ろを揉《も》んだ。「勇み足をつつしむとは？」

ペイトンは涙で喉が詰まった。本当に彼を遠ざけたいの？　いいえ。でも、そうする必要があるのだ。

「何よりも大切なのは、子どもたちの幸せよ」

「それで、いつになったらぼくがパパだと子どもたちに言えるんだい？」

「いまはまだ早いわ」

「ペイトン、ぼくをあまりじらさないでくれ」

彼がそう言うのも無理はないと、ペイトンは思った。「一カ月間いっしょにいて、あなたがふたりの生活に溶けこんだら、ということでどう？」

イーストンが歯を食いしばった。「今日から一カ月後は十二月二十日だ。じゃあ、その日にふたりに言おう。取り消したり、引きのばしたりはしないでくれよ」

ペイトンはぎこちなくうなずいた。「わかったわ」

「来週は感謝祭がある。何をするのか知らないが、農場の感謝祭の行事には、ぼくも招いてほしい」

彼女は小さく笑った。「何をするのか知らない？七面鳥をおなかいっぱい食べるのよ」

「とにかく、招いてくれ」

「ええ、もちろん。うちは毎年、伯母のマリリンのところで感謝祭の夕食をとるの。あなたもどうぞ、いらして」

「ありがとう。かならず参加する。今日のところは、夕方になったら子どもたちに会いに来ようと思う。そして二、三日後には、昼食にふたりを連れだしたい。ピザかハンバーガーを食べに行くつもりだ」

母親抜きで？　イーストンに子どもたちをあずけるのは、時期尚早ではないだろうか？　それとも、わたしがただの怖がりだから、そう思うだけ？

「ペイトン？」

彼女は少し身震いした。「ええ、いいわ。わかった。ハンバーガーでもなんでも、あなたの都合がつくときに子どもたちを連れだして」

「それと、もうひとつ……きみとぼくのことだ」

「イーストン、いま言ったでしょう――」

「きみの言いたいことはわかっている。だがやはりぼくは、やり直すチャンスが欲しいんだ」イーストンのまなざしがやさしくなった。「きみはやみくもに人間関係を恐れるのをやめないと」

「あら、わたしがそんなふうだっていうの？」

「ああ、間違いなくね。ぼくにはそんなきみを支援する、いい計画がある」

ペイトンは彼の言葉を鼻で笑った。「そうでしょうとも」

「勇み足をつつしむことには同意しよう。ただし向こう一カ月、少なくとも週に一度はぼくと出かけるという条件付きでだ」

「ふたりでどこへ行くの？」

「どこでもいい。夕食に出かけてもいいし、果樹園へ散歩に行ってもいい。何か考えよう。きみの伯母さんやジョージーの負担にならないように、子どもたちのベビーシッターは毎回ぼくが手配する」

「少なくとも週に一度はって、どういう意味？」

「文字どおり、毎週、少なくとも一回はぼくと出かけるという意味だ。そして、ぼくたちがデートしていることを子どもたちには隠さない」

「ベイリーとペンは四歳よ。デートがどういうものかなんて、まだ知らないわ」

イーストンは辛抱強くペイトンを見つめた。「それでいいかい？」

彼女は不安だった。というより、実際は震えあがっていた。わたしがイーストンを求める気持ちは激しすぎる。期待したあげく、結局捨てられたらと思うと、怖くてならない。

「どうなんだい？」イーストンがやさしく畳みかけた。

ペイトンは彼に目をやった。その笑顔を見ていると、うっとりして膝に力が入らなくなる。思いきって行動してみるのは恐ろしい。けれど、まだ求められていると感じることは、彼女にとってこのうえもなく重要だった。

「いいわ」ペイトンはかすれた声で答えた。「少なくとも週に一度、あなたとデートする」

夕方、イーストンは午後六時ぴったりに、再度ペイトンの家を訪れた。

、擦り切れたジーンズと厚手のセーターを着たペイトンが、呼び鈴に応えて玄関へ出てきた。ざっくりとまとめた髪には、鉛筆がさしてあった。「ちょうど夕食をとりはじめたところなの」

「ああ、きみはなんてセクシーなんだ」

ペイトンはあきれた顔で天を仰いだが、イーストンを中に入れた。「ベイリー、ペン、イーストンが会いに来てくれたわよ」

子どもたちが声をそろえて言った。「いらっしゃい、イーストン！」

彼は子どもたちと並んでテーブルについた。すると、ふたりは口々に、ブロッコリーを食べないとデザートをもらえないんだと訴えた。

「デザートはカップケーキだよ！」ベイリーが熱っぽく言った。

イーストンは出された料理とカップケーキを残らず平らげてから、子どもたちと二階へ行き、ふたりが寝る時間までいっしょに過ごした。ペンとベイリーが眠ってしまうと、ペイトンはさっさとイーストンを帰らせようとした。

「何もそんなにあわてて追いだすことはないじゃないか」イーストンはそう言って、キッチンの椅子に座った。

「別にあわててなんかいないわ」ペイトンは不満そうだったが、彼のまねをして椅子に腰を下ろした。

「なんなの？」

「明日の夜はデートしよう。月曜日には、ぼくが子どもたちを連れてハンバーガー店へ行く」

「デートのときは、あなたがベビーシッターを見つけてくれることになっていたわね」

「もちろん、見つけてある。ヘイゼル・ハルステッドだ」ヘイゼルはワイルドローズ農場の隣の農場で家族と暮らす、十三歳の少女だ。

「どうしてあなたがヘイゼルを知ってるの？」

「ワイルドローズ農場の番号に電話して、きみの伯母さんと話したんだ。そうしたら伯母さんが、いつもヘイゼルにベビーシッターをたのんでいると教えてくれた。隣の農場の電話番号も教えてもらった。ヘイゼルは明日の夜、よろこんで子どもたちを見てくれるそうだ。彼女は七時にここへ来るから、ぼくもその時間にきみを迎えに来る」イーストンはこらえきれずにペイトンをからかった。「何か反対意見は？」

ペイトンが小さくひとつにまとめた髪から鉛筆を引き抜き、結局、またそれをもとへ戻した。「七時でけっこうよ」

「よかった」

席を立ったペイトンが、イーストンを玄関の外へ送りだした。彼はしぶしぶペイトンの家をあとにした。だが、明日はデートだ。

翌日の夜、イーストンはフッド川沿いにあるこぢんまりとしたレストランへ、ペイトンを食事に連れていった。そしてそのあとは、劇場でショーを観《み》た。デートは成功だった、と彼は思った。劇場で、ペイトンは手を握らせてくれた。家の前で別れる際には短いキスもした。

けれど、イーストンを家へ招き入れようとはしなかった。

翌日、イーストンはなんとか午後二時に仕事を抜けだし、子どもたちをマクドナルドへ連れていった。ハンバーガーとフライドポテトを食べおわったら、息子たちを店内の遊び場で遊ばせるつもりだった。

ところが、店内には子どものための遊び場が設置されていなかった。

カウンターの向こうにいた男性店員によると、近ごろの子どもはほとんど遊び場を使わないのだという。みんな、タブレット端末や携帯電話に夢中だそうだ。

「そんなことがあっていいのか」イーストンは嘆いた。彼自身が小さかったころは、ウェストンといっしょに遊び場で転げまわって遊んだものだ。

「すみません」店員が言った。

ベイリーがイーストンの袖を引っぱった。「悲しいの、イーストン?」

気づかわしそうにこちらを見ている息子の顔に視線を向けると、イーストンは胸を締めつけられた。ベイリーの肩にやさしく手を置く。「心配しなくても大丈夫だよ」

「ハートウッド公園へ行ってみたらどうです?」店員が提案した。

「うん、そうしよう!」ペンが大きくうなずいた。

三人は店員から道を聞いて公園へ行き、遊具を使って思うぞんぶん遊んだ。

火曜日は冷たい雨が降った。イーストンは子どもたちに会うために、またペイトンの家を訪れた。

夕食のあと、幼い兄弟とイーストンは二階の部屋へ行き、子ども用のタブレット端末を使って、遊びながら言葉を覚えるゲームをした。ゲームは楽しかった。

けれど、そのうちベイリーが〝自分ばっかり使って、ずるい〟とペンを責めたてた。

「ちゃんとおまえにも使わせてるじゃないか!」ペンが叫んで、端末をベイリーに投げつけた。

イーストンは必死になって頭を働かせた。こういうとき、親としてはどうするべきなのだろう? 幸い、ベイリーがペンに向かって〝おまえなんか、ぼくのお誕生会に呼んでやらない〟と宣言したところへ、騒ぎを聞きつけたペイトンが現れた。

「ぼくのお誕生日でもあるんだぞ!」ペンが叫び、大声で泣きだした。

「ほら、静かにしなさい」ペイトンが声をかけた。するとと、子どもたちは母親に向かって自分の主張をてんでに言いたてたが、彼女がさらに言った。「だめよ。しゃべらないで。三分間、口をつぐんで座ってらっしゃい。それから話をしましょう」

子どもたちは小さな椅子を持ってくると、まっ赤な顔をしたまま、向きあって座った。胸の前で腕を組み、互いをにらみつけている。

ベイリーがつぶやいた。「おまえが先にはじめたんだぞ」

「ぼくじゃない」

「おまえだ」

ペイトンがにこやかに言った。「はい、やり直し。また三分ね」

そのあと、子どもたちはしっかりと唇を結んで、沈黙を守った。三分たつと、ペイトンは円になって座るよう子どもたちに言った。

「あなたもよ、イーストン」

イーストンは気おくれしつつ、あぐらをかいて床に座る母と子の輪に加わった。ペイトンは子どもたちに順番に話をさせ、けんかをせずに問題を解決する方法をふたり自身に探らせた。

子どもたちを寝かしつけたあと、ペイトンがイーストンに言った。「帰る前に、少し話せる？」

「ああ、もちろん」

「わたしの部屋へ行きましょう」

イーストンは彼女のあとに続いて一階の広い部屋へ入った。その部屋の奥はベッドのある寝室で、ドアに近いほうは仕事部屋になっていた。

「座って」ペイトンが言った。イーストンがふたり掛けのソファに腰を下ろすと、彼女がその向かいの安楽椅子に座った。

「子どもたちの癇癪《かんしゃく》のせいで、びっくりしてしまったんじゃないかと思ったの」ペイトンが話を切りだした。

「いや、大丈夫。パパとしては新米だが、ぼくだって昔は子どもだったんだ。弟のウェストンと、すごく騒々しいけんかをしたものだ」

「うちでは、けんかのあとで話し合いの時間を持つことにしているの。ふたりを引き離して別々に反省させるのでは、ちょっと寂しいから」

「なるほど。最初にペンがタブレットを投げつけたときには、どうしようかと思って体がすくんでしまったよ。昨日のマクドナルドでは、ふたりとも天使みたいだったのにね。だが、もしもふたりがハンバーガーを食べながらつかみ合いをはじめたら、ぼくはどうすればいいんだ？」

ペイトンが笑った。「出かけた先でけんかになったら、できるだけやさしくふたりを車へ連れ戻すわ。そこで今夜したみたいに話しあうの。さっきのあなたは立派だったわ。生まれつき、父親としての素質があるみたい。子どもたちはもうあなたが大好きよ」

その瞬間、イーストンは世界を手に入れたような気分になった。「褒めてくれて、その、どうもありがとう。ところで、ひとつ質問がある」

「何？」

「子どもたちが誕生会のことで言い合いをはじめたときに、気がついたんだ。ぼくはまだふたりの誕生日を知らない」

「七月二十五日よ」

「七月なのに、もう誕生会に招く招かないで、けんかになるのか？」

「イーストン、あなたが四歳だったとき、お誕生会は人生の一大事だったはずよ」

「ああ、そういうことか。わかったよ」もしもいまペイトンにキスをしたら、ふたりは一夜をこの部屋のベッドで過ごすことになるだろうか？

イーストンは彼女にキスをしたかった。そして、同じベッドで一夜をともにしたかった。

けれど、そういう結末にはならなかった。その直後、ペイトンが彼をドアの外へ送りだしたからだ。

日がたつにつれてペイトンは、子どもたちの親同士としてイーストンと話しあい、養育の分担について計画を立てる必要がある、という事実を忘れがちになっていった。

結婚してもうまくいきそうにない理由はたくさんあった。イーストンは仕事に生き甲斐《がい》を感じていて、そのためにはシアトルにとどまることが必要だ。そして、ペイトンは伯母のマリリンと姉のジョージーにあてにされている。ペイトン自身、農場以外の場所での生活は、想像することさえできなかった。そのうえ彼女とイーストンは、お互いのことをよく知っているわけではない。

ふたりがともに過ごしたのは、五年前のあの一週間と、土曜市場に彼が現れてからの六週間だけ。合わせてたったの七週間だ。

ああ、それに、うまくいかない理由がもうひとつ。イーストンの母親はわたしをお金目当ての詐欺師と考えている。父親もきっとそうだ。マイロンはジョイスの主張にまったく異議を唱えなかったのだから。

ところが、イーストンが感謝祭のお祝いにやってきたとき、彼をポーチで出迎えたペイトンは、自分たちが本物の家族として暮らす未来しか思い描けなかった。子どもたちは家の中から駆けだしてくると、よろこび勇んでイーストンの周りを跳ねまわった。彼と距離を置くべきもっともな理由が数多くあるにもかかわらず、ペイトンの胸からほのぼのとした思いは消えなかった。

イーストンはハートウッドでいちばん人気のあるベーカリーから、豪華なクランベリーパイを買ってきてくれた。そして子どもたちを手伝ってテーブルの飾りつけをし、食器を並べた。そのうえ、七面鳥を切り分ける役目も買って出た。

けれど、実際にその役目を引き受けたのは、伯母の交際相手であるアーネスト・ベッジーニだった。アーネストは旧友のトム・ハックストンの家を訪問中だが、いまやその滞在期間は無期限に延長されつつあった。しかも最近では、ほとんどマリリンのコテージに入りびたりだった。

全員が食卓につくと、伯母は例年どおり、隣の人と手をつなぐようみんなをうながした。それからひとりひとり順番に、少なくともひとつは感謝していることを述べさせた。ベイリーとペンには、それぞれ十ほども感謝していることがあった。ふたりはマカロニチーズやチョコレートパイなどのほか、テーブルについている全員についても、感謝する相手として名前を挙げた。

イーストンの番が来た。「ぼくはこの場にいられることをありがたく思う。それと、ここにいるみんなに感謝したい。とりわけ、ペンとベイリーとペイトンに」

ペイトンは思わず、伏せていた顔を上げた。すると、イーストンが彼女にやさしくほほえみかけた。その笑顔を見て、ペイトンは思った。この人のプロポーズをことわるなんて、わたしはどうかしているのではないだろうか？

自分の番になったので、彼女はここにいる全員の名前を挙げて感謝の言葉を口にした。

昨夜、農場に帰ってきたアレックスが、隣の席から肘でペイトンをつついた。彼女がそちらを盗み見ると、姉はキスのまねをして唇を突きだし、意味ありげに妹からイーストンへ視線を移した。ペイトンはあわてて、もう一度顔を伏せた。

なごやかな雰囲気のうちに、その日の残りも過ぎた。アレックスは夜の八時過ぎに、ポートランドへ戻っていった。

八時三十分になるころ、ペイトンはイーストンと子どもたちと連れだって、伯母のコテージから自分の家へ帰った。あくびしている子どもたちを彼が二階へ連れていき、寝支度をさせる。

三十分後、一階へ下りてきたイーストンを、ペイトンは階段のいちばん下で迎えた。「子どもたちはおとなしく寝てくれた？」

「ああ。ふたりとも、くたくただったようだ」イーストンが階段の最後の段の上で立ち止まった。「満ちたりた一日だった」

「ええ、とても楽しかったわ。あなたがわが家の感謝祭に来たいと言いだしたときは、驚いたけど」

「ぼくにほかのどこへ行けって？」

「あなたのお母さんは、祝日に家族で集まりたかったと思うの」

「そうだな。だが時代が変われば、優先順位も変わるものだ」イーストンが階段の最後の一段を下りた。

そして、ペイトンに逃げる時間を与えるように、ゆっくりと腕を上げる。

ペイトンは逃げなかった。その場から動けなかった。

イーストンの指がなめらかな頬をなぞり、火花のように熱い衝撃がペイトンの体を駆け抜けた。イーストンが彼女の顔を上へ向けた。

キスをされて、ペイトンはよろこびのため息をもらした。

イーストンが唇を離すと、彼女は言った。「今夜は帰らないで」そして彼の手を取り、自分の部屋へ連れていった。

ペイトンは夜明け前に目を覚まし、隣で眠っているイーストンを見つけた。

そっとベッドから抜けだそうとすると、いきなり手をつかまれた。「だめだ。行くんじゃない」イーストンが、彼女をふたたび自分のほうへ引きよせた。

「今日も仕事かい？」

「いいえ。でも、おなかをすかせた山羊《やぎ》や鶏が餌を待っているの」

ペイトンが離れようとしても、イーストンは彼女の体を放さなかった。笑いながら、ペイトンは広い胸を押した。

「行かないと」

イーストンが不承不承、彼女を解放した。

ベッドわきの明かりをつけ、ペイトンは古いジーンズをはいて、スウェットシャツを着た。「自分でコーヒーでもなんでも淹《い》れてね」

ベッドで片方の肘をついた彼は、体を起こし、寝起きのセクシーなまなざしでこちらを見ていた。

「子どもたちが二階から下りてきたら、果物をあげてちょうだい。でも、伯母の家で朝食をとることになっているのを忘れないで」

「わかった」

ペイトンは部屋の扉口のところで立ち止まって言った。「長くはかからないわ……」

一時間後に戻ってきたとき、イーストンと子どもたちはキッチンで切り分けたりんごと梨を食べていた。子どもたちはまだパジャマ姿だった。

ベイリーとペンにパジャマの上からジャケットをはおらせ、四人は伯母のコテージへ向かった。そこでは伯母とアーネストによって、おいしい朝食がふるまわれた。

イーストンはその日一日を農場で過ごした。

夜、子どもたちがベッドに入ったあとで、彼がペイトンを抱きよせ、キスをしてささやいた。「今夜も帰りたくない」

「わたしたちの関係については、まだ何も決まっていないのよ」彼女は釘《くぎ》を刺した。

「わかっている」

「子どもたちを混乱させたくないの。あなたがこの家で暮らしているような印象を与えたくないわ」「ここにいさせてくれ。数時間だけでも」そう言って、イーストンがもう一度キスをした。「泊まらないから……」

誘惑の力はあまりにも大きかった。ペイトンは心と体の望みに従って、彼をベッドへ連れていった。

イーストンは真夜中になる前に帰っていった。玄関の外へ彼を送りだした瞬間、ペイトンは泊まっていってほしいと懇願しなかったことを後悔した。

朝になるとイーストンから、今夜はデートだという念を押す電話がかかってきた。

その夜、ヘイゼルは約束の時間にやってきた。ペイトンとイーストンは子どもたちを彼女にあずけて、〈バローネ〉へ夕食をとりに出かけた。そのあと、イーストンは川沿いにある彼の家へペイトンを連れていった。

日曜日、イーストンは昼食の時間に現れた。ペイトンと彼は、子どもたちと午後から夜までいっしょに過ごした。その姿は、まるで家族で団欒《だんらん》しているように見えた。

前の週の祝日気分から一転、月曜日にはいつもどおりのいそがしさが戻ってきた。イーストンは朝から晩まで仕事だった。ペイトンは子どもたちを幼稚園へ送っていってから、家へ戻って仕事部屋として使っている自室にこもった。最新作の原稿を書きはじめ、ようやく筆が乗ってきたときだった。馬を運ぶための巨大なトレーラーが、彼女の家の前に停まった。

ペイトンは口をあんぐりと開けて、カウボーイブーツを履いたイーストンの父親が、トレーラーの助手席から降り、こちらへやってくるのを見守った。

10

ペイトンはマイロンがノックする前に、玄関のドアを開けた。「イーストンがあなたにわたしの住所を教えたんですか？」相手を問いただす。

　マイロンがかぶっていた野球帽をさっと脱いだ。「わたしの息子は親に口をきいてくれないんだ。だから、息子から聞いたわけじゃない。インターネットでワイルドローズ農場の住所を調べたんだよ」

　トレーラーの運転席から、カウボーイハットをかぶったもうひとりの男性が降りてきた。男性は荷台の後方へまわり、トレーラーからスロープを下ろした。

「あの人は誰です？　いったい、何がどうなっているんですか、マイロン？」

「あれはわたしの幼なじみのパコ・ラヴェル。わたしたちは兄弟のように育ったんだ」

「ああ、そうですか」

　ペイトンの辛辣な口調にも、マイロンは気を悪くした様子がなかった。「パコはシアトルの郊外に、広大な馬の牧場を所有しているんだ」

　パコという名の男性は、トレーラーの荷台の鍵を開けていた。

　マイロンがさらに言った。「わたし自身も牧場で育って、小さいころから馬に乗っていたんだ。うちの息子たちはシアトル育ちだが、昔からよく牧場へ連れていったので、馬には詳しい」

　ペイトンが信じられない思いで眺めているうちに、パコがトレーラーの荷台から、茶色いぶちのある白い子馬を降ろした。そして、子馬の手綱を荷台の後部に引っかけると、もう一度スロープをのぼって、最初のとよく似た子馬をもう一頭、荷台の外へ連れだした。

マイロンがペイトンの視線の先を振り返ってから、満面の笑みでこちらを向いた。「わたしは先だってのことを深く悔やんでいるんだ。わたしは孫たちに会いたい。言ってみれば、あれは賄賂だ」

「まさか。ご冗談でしょう」ペイトンはイーストンの父親に冷ややかなまなざしを向けた。

「得心がいったんだ、ペイトン。ジョイスはきみについて完全に誤解している。本当に申し訳なかった。妻は昔からかっとしやすくて……年を取って丸くなってはきたんだがね……」マイロンがペイトンの返答を待って口をつぐんだ。

彼女は仕方なく言った。「そうですか」

「わたしは妻を愛している。ジョイスと息子たちはわたしの人生のすべてだ。そのせいか、妻が烈火のごとく怒っていろいろまくしたてるときは、調子を合わせる癖がついてしまっているんだ。妻が激高すると、手に負えないので……ああ、そうだよ。それが十日前の一件についてのわたしの釈明だ。だが、怒ったイーストンが最後通牒《つうちょう》を突きつけて家を出ていってしまったとき、わたしは自分を恥ずかしく思ったんだ。その後、一日二日たって、わたしはジョイスの考えを変えさせようとしてみた」

「それで、どうなったんです？」ペイトンは腕を組んで尋ねた。

「まるで話にならなかった」マイロンが悲しそうな顔をした。「残念ながら、妻は頑固さとプライドの高さでは、誰にも引けを取らないんだ。そういう女性はみずから気づいて改めるしかない。ペイトン、イーストンがきみを愛していることは明らかだ。いまになってみれば、きみたちの関係は、六年前にウエストンの身にあったこととは根本的に違うとわかるよ」

「どうも。でも、あなたの奥さまがこの先もずっと、自分の間違いに気づかない可能性だってあるとは思いませんか？」

マイロンが居心地悪そうに、手にした帽子のひさしをいじった。「大丈夫だ、ジョイスはいずれかならず気づくから。そして、いったん気づいたら、きみを実の息子たちと同じくらい大切にするはずだ」

ジョイスに関して、安易に警戒を解くのは禁物だ。けれどイーストンの父親については、ペイトンはほぼ許せる気持ちになっていた。「子馬の贈り物ですって、マイロン？　ずいぶん奮発しましたね」

「しかも、見たこともないほどかわいい子馬だろう？　それぞれの孫に一頭ずつだ。ところで、馬を飼うには金がかかる。二頭の維持費として毎月、小切手を送るからね。わかっている。わたしは恥を知らない男だ。孫に好かれるためなら、愛情を金で買うこともいとわない。それにできるなら、きみの親愛の情も買いたいものだ」そう言って、マイロンがウィンクした。

ペイトンは笑いださずにいられなかった。「ごめんなさい。わたしはお金には釣られないわ。子どもたちはたぶん釣られるでしょうけど、わたしにその手は通用しません」

「孫たちはどこにいるんだね？」マイロンの瞳が期待と興奮で輝いた。

「その前に、お話ししておきたいことがあります。お友達もいっしょに家の中へ入って、コーヒーをいかがですか？」

「そう言ってくれるのを待っていたんだ」マイロンの日に焼けたハンサムな顔がほころんだ。

家の中に入ると、ペイトンはふたりの客にコーヒーを淹れた。すると、そこへ伯母とアーネストがやってきた。

「かわいい子馬が二頭もつながれているから、どうしたのかしらと思って」マリリンが笑顔で言った。

ペイトンは伯母が心配して来てくれたことを察して、やわらかい頬にキスした。「コーヒーを飲まない？」

「いただくわ」

五人はキッチンのテーブルについた。ペイトンは全員を紹介してから、マイロンに守ってほしいルールを告げた。「うちは農場ですから、子馬たちはここに置いていってくれてかまいません。そしていずれは、ペンとベイリーに与えてくださってもいいでしょう」

「〝いずれは〟とは、どれくらい先のことかね？」

「もうしばらく先です。ふたりはまだ、イーストンが父親だと知らないので」

「どうして？」

いい質問だ。ペイトンは考え考え言った。「イーストンとわたしは、この先どうするか意見が一致していないんです。つまり、カップルとしての」

マイロンがうなだれた。「わが家での出来事のせいだね？」

「正直なところ、それも理由のひとつです。だけど、マイロン、そんなに悲しそうな顔をしないでください。イーストンとわたしは五年前に一週間いっしょに過ごしただけなんです。だから、話しあって決めなければいけないことがたくさんあります。なので、彼にたのんだんです。子どもたちと仲よくなるまで、父親だと教えるのは待ってほしいと……」

「言いたいことはわかる、と思う……」

ペイトンはマイロンの肩をぽんぽんと叩《たた》いて元気づけたくなった。「いい知らせもあります。十二月二十日までに、子どもたちには本当のことを教えようって、イーストンと決めたんです。だからそのあと、あなたとイーストンで、いつお祖父《じい》ちゃんと名乗るかを決めてください」

マイロンが彼女の視線をとらえたまま言った。

「だが、わたしは今日、子どもたちに会いたいんだ。イーストンのパパということでいいかな？」

「ええ、もちろん。イーストンさえ、それでよければ」

マイロンが渋い顔になった。「もう言ったと思うが、息子はわたしと口をきいてくれないんだ」

「わかっています。その件については、なんとかしないといけませんね」ペイトンは自分の携帯電話を取りだした。

「きみから息子に電話してくれるのか？　わたしのために？」

「あなたとイーストン、ふたりのためです」

「きみはいい人だね、ペイトン」マイロンの目はうるんでいた。

彼女はイーストンに電話して、事情を説明した。するとと、直後に彼から父親の携帯電話に電話がかかってきた。

マイロンがポーチに出て、人のいないところで息子と話した。その後、キッチンへ戻ると、笑顔で言った。「イーストンから許可が出た。今夜、孫たちに会ってもいいそうだ。もちろん、きみがそれでよければだが、ペイトン？」

「どうぞ。かまいませんよ」

「ああ、よかった。それじゃあ、パコとわたしはいったん、これで失礼しよう」

マリリンがマイロンたちに、子馬を放す場所への道案内を申し出た。

数分後、ひとりになったペイトンは、自分の部屋へ戻ってふたたび原稿を書きはじめた。

その夜、イーストンはマイロンといっしょにテイクアウト料理とケーキを持って現れ、子どもたちは〝イーストンのパパ〟と対面した。パコはトレーラーを運転してすでに帰路についたそうで、マイロンはもう数日滞在してから、飛行機で帰るとのことだった。

テイクアウトのごちそうを平らげたあと、子どもたちはイーストンとマイロンを二階へ連れていって、いっしょにボードゲームで遊んだ。マイロンはうまく仲間入りできたようだ。イーストンとその父親が帰る時間になると、子どもたちはふたりを抱きしめて〝また来てね〟と誘った。

「またケーキを持ってきてくれてもいいんだよ」ペンがそう持ちかけた。

マイロンは目に涙を浮かべていた。

火曜日、マイロンは昼を過ぎたころに現れて、子どもたちを子馬のところへ連れていった。

イーストンの父親は子どもの相手が上手で、ベビーシッターのように幼い孫の世話をやいてくれた。

水曜日と木曜日にもマイロンは来た。ペイトンは彼の訪問をこころよく歓迎した。

金曜日、ペイトンは執筆を休んだ。ペンとベイリーにも幼稚園をお休みさせた。イーストンと彼の父親は朝九時に農場へやってきた。五人は牧草地で二頭の子馬としばらくいっしょに過ごした。子馬の名前を考えてほしいとマイロンからたのまれた子どもたちは、二頭にディークとドティという名をつけた。

それから、五人はペイトンの車に乗って近くの林業地へ出かけた。クリスマスツリーにする木をみんなで選び、家へ持ち帰る。そのあとは全員でツリーの飾りつけをした。

クリスマスツリーの飾りつけがおわると、ペイトンは十三歳のときに伯母のマリリンからもらったギブソンの古いギターを持ちだした。

それから一時間以上も、ペイトンはギターでクリスマスソングを演奏し、みんなで歌を歌った。子どもたちも、あぐらをかいて体を揺らしながら、ほとんどの歌をいっしょに歌った。

「クリスマスソングをたくさん知っているんだね」

マイロンが感心した。

「毎年、クリスマスに歌うんだ！」ペンが自慢した。

「そうだよ」ベイリーが言い添えた。「ぼくたち、すごくちっちゃいころから歌ってるんだ」

その夜の帰り際になって、マイロンはペイトンとふたりだけで話したいと言いだした。イーストンが子どもたちを二階へ連れていき、寝る支度をさせているあいだに、ペイトンは彼の父親と、冬のように寒い家の外へ散歩に出た。

砂利の道を歩いてしばらくたったとき、マイロンが言った。「明日の朝、シアトルへ帰るよ」

ペイトンは立ち止まり、彼と向きあった。「あなたと親しくなれてよかったと思っています」

ふたりはまた歩きはじめた。

マイロンが口を開いた。「以前から考えていたんだが、ペンとベイリーとはおもしろい名だね。誰か知っている人にちなんだ名前なのかい？」

「いいえ。それぞれの名前の響きが気に入ったんです。続けて呼んでもすわりがいいし、それでいてまったく違う名前でしょう？　個性的というか」

「たとえばイーストン、ウェストンなんかとは全然違うね」

ペイトンは遠慮せずに笑った。「あなたがそう言ったんですよ、わたしじゃなくて。でも正直、イーストンとウェストンという名前も好きですよ」

「ジョイスがつけた名前なんだ。妻にはちょっと風変わりな一面があってね」そう言うマイロンは寂しそうだった。

「ジョイスが恋しいんですね」

彼がゆっくりとうなずいた。「悲しいかな、いまわたしたち夫婦はけんかの最中で、口をきいてもいないがね」

「けんかの原因になってしまって、申し訳なく思います」

「きみが謝る必要はない。遅かれ早かれ、ジョイスは冷静になるだろう」マイロンが上着の中で寒さに首をすくめた。彼の吐く息は白かった。「クリスマスにはここへ戻ってきたいんだが」

「子どもたちがイーストンを父親と知ったあと、ということですね？」

イーストンの父親がうなずいた。「ここへ戻ったときには、わたしが祖父だと告げたいし、子どもたちに正式に子馬を贈りたい」

彼と子どもたちはこの数日、ドティやディークとしょっちゅういっしょにいた。子どもたちは子馬に、りんごやにんじんをあげるのを楽しみにしていた。

マイロンがさらに言った。「クリスマスだけでなく、わたしは折にふれて孫たちに会いたい」

「来てくださったら、いつでも歓迎します。あの子たちはもう、あなたのことが大好きですよ」

マイロンが顔を輝かせた。「うちの息子のプロポーズに、きみが〝イエス〟と言ってくれることを心から願うよ」

「その件については、ちゃんと途中経過と結果をお知らせします」

「ありがとう。それと、ジョイスのことだが……」

ペイトンは、コートの襟をしっかりとかきよせた。

「なんです？」

「妻はかならず自分の間違いに気づく。そうなったときには、妻を許してやってほしいんだ」

ペイトンはなんと応えていいかわからなかった。ジョイスとわたしとの関係は、自分たちで作りだすもののような気がする。「わたしも、ジョイスが意見を変えてくれたらと思います。そうなったときには、心を広く持つと約束しましょう」

「それでよしとしようか」そして、マイロンが両腕を広げた。「未来の義理の父親に、さよならのハグをしてくれないか？」

「あまり図に乗ってはいけませんよ」ペイトンは彼をたしなめた。

すると、マイロンが肩をすくめた。「わたしは前向きに考えるほうが好きなんだ」

「あなたのその楽天的な姿勢は、称賛するべきでしょうね」ペイトンは進み出て、マイロンの腕に包みこまれた。

抱擁を解いて、彼が言った。「さて、それじゃあ、家の中に入ろう。わたしのお気に入りの子どもたちに、当面の〝さよなら〟を言わないとね」

翌日の土曜日はデートの日だった。イーストンはペイトンを夕食に連れだし、そのあとで彼の家へ連れていった。彼がペイトンを送って農場に着いたのは、十一時を少し過ぎたころだった。ふたりはポーチの上でおやすみのキスをした。そうやって十分ほども別れを惜しんだあと、ペイトンはようやく家の中へ入った。

十二月に入って最初の一週間のあいだ、イーストンは毎夕、仕事のあとで農場へやってきた。彼はときにはテイクアウト料理を持参し、夕食後は決まって寝る時間になるまで子どもたちと遊んだ。

ある日、子どもたちとイーストンが、ペイトンに内緒で用意したクリスマスの贈り物を、誇らしげに捧《さき》げもって二階から下りてきた。三人はそれを居間のクリスマスツリーの下に置いた。しわがあちこちに寄った包み紙からは、三人の苦労のあとがしのばれた。けれど包み紙がしわくちゃであればあるほど、ペイトンの目には贈り物が輝いて見えた。

木曜日の午後は、カイルが恋人のオルガといっしょにペイトンの家を訪れた。オルガの左手の薬指には指輪が輝いていた。

カイルが照れくさそうに言った。「彼女がプロポーズに〝イエス〟と言ってくれたんだ」

ペイトンはよろこびの声をあげて、両腕でカイルとオルガを抱きしめた。

去年の六月、ペイトンとの婚約を解消するときにカイルは打ち明けた。子どものころからずっと、ペイトンが気づいてくれるのを待っていた、と。自分こそ、ペイトンの夫にふさわしい男だ、と。

〝だけど、ようやくわかった〟続けて、カイルが悲しそうに言った。〝ぼくは自分自身の勝手な思いこみにしがみついていたんだ。きみはぼくを異性として愛してたわけじゃなかった〟

恋人同士となったカイルとオルガの姿を見かけるたび、ペイトンは心からのよろこびを感じた。彼はとうとう探していた愛を見つけたのだ。

「土曜日の夜は空いてる？」ペイトンは尋ねた。

婚約したふたりが目を見交わした。「えーと、別に予定はないけど」オルガが答えた。

「よかった。うちのイベント用の納屋で婚約パーティを開きましょう。わたしが準備をするわ」

カイルとオルガがそろって遠慮した。「そんな。大仕事になってしまうから、だめだよ」

けれど、ペイトンは譲らなかった。「もう決めたの。無駄な抵抗はやめて、さっさと友達に電話しなさい」

カイルとオルガの婚約パーティには、近所の農場の若い人や子どもたち、その祖父母までが来てくれることになり、出席者の人数はふくれあがった。

土曜日の夜は雨が降っていて寒かった。けれど、納屋の中は大きなヒーターを二台フル稼働させたおかげで、暖かくて居心地がよかった。

パーティには楽器が得意な地元の人たちも来てくれた。出席者たちは、生演奏に合わせてダンスを踊った。ペイトンも古いギターを持ちだし、演奏に加わった。

誰もがダンスフロアに出て踊った。マリリンとアーネストも、ベイリーとペンも。子どもたちは頭の上で手をひらひらさせながら、輪になって踊っている。イーストンは携帯電話を取りだし、ふたりの姿を何枚も写真に撮った。

妊娠七カ月目で、以前よりずっと疲れやすくなっているジョージーは、ペンたちを連れて九時前には帰っていった。ほかの子どもたちも、それくらいの時間には自宅へ帰った。

その後少したって、今夜の主役のオルガが、見事なアルトで愛の歌を披露した。歌がおわると、普段は無口で派手なことを嫌うカイルが、人前で婚約者に噛《か》みつくような激しいキスをした。誰かが後ろのほうから、〝ふたりに部屋を用意しろ！〟と叫んだほどだった。

ペイトンは五年前に、イーストンから聞いた話を思い出した。彼の父母は昔から相思相愛で、息子たちの前で見つめあうことも多く、〝ほかの部屋でしてくれ〟と弟のウェストンとよく愚痴をこぼしたものだという。ペイトンは納屋の中に視線を巡らし、アーネストと話しこんでいるイーストンの姿を見つけた。イーストンも彼女に気づいて、飲んでいるビールの小瓶をこちらへ掲げてみせた。

その後、ふたりは夜が更けるまで踊った。降りつづく雨が、納屋の屋根を静かに叩いていた。

イーストンの腕の中で音楽に合わせて揺れていると、この世に不可能はないという気持ちになった。その瞬間のペイトンは、他人に心を明け渡してしまうことを恐ろしいとは思わなかった。いま彼女を抱いている男性になら、全幅の信頼を置けた。

真夜中過ぎにようやくすべての客がいなくなり、ペイトンとイーストンは納屋のヒーターと明かりを消して家へ帰った。居間では、ジョージーがソファに横になってうとうとしていた。

　起きあがって帰り支度をしてから、ジョージーが妹に言った。「マリリン伯母さんからの伝言よ。明日の朝は伯母さんとアーネストで動物の世話をするから、あなたは好きなだけ寝坊しなさいって」

　ペイトンはジョージーといっしょにポーチへ出て、姉が自分の家に入るところまで見届けた。それから部屋へ戻ろうとして振り返ると、そこにイーストンがいた。彼は玄関の扉口に立ち、熱のこもった目で彼女を見ていた。

「ここへおいで」イーストンが彼女を引きよせた。

　彼の唇がペイトンの唇にふれた瞬間、寒い雨の夜が魔法の夜に変わった。温かい腕が守るように、大切にするように彼女を包みこむ。

「今夜は泊まっていって」ペイトンはささやいた。

　イーストンが彼女の手を引いて家の中へ戻った。


　ペイトンは夜明けに目を覚ました。ゆっくりとまぶたを開けると、目の前にこちらを見てほほえんでいるイーストンの顔があった。

「ベイリーとペンが、いつこの部屋のドアを叩くかわからないわよ」彼女は警告した。子どもたちが来たら、母親とイーストンが寝室にいるところを見つけてしまう。

　イーストンがペイトンの顔から寝乱れた長い髪をそっとかきあげ、耳の後ろに撫《な》でつけた。彼の指に軽くふれられただけで、ペイトンの全身は甘くうずいた。

「だから、なんだい？」彼が眠たげな声で尋ねた。

「ぼくはベッドの下に隠れたほうがいい？」

「いいえ」

「じゃあ、窓からこっそり逃げようか？」

「まじめに聞いて。ドアを開けて子どもたちを部屋に入れましょうかって、きいてるの」自分で提案しておきながら、ペイトンは震えだしそうなほど恐ろしかった。「そろそろ潮時だわ」

イーストンが彼女にすばやくキスをした。「潮時とは？」

「あの子たちに、あなたがパパだと教えるの」

彼の瞳が輝いた。「本気なんだね？」

「ええ」そのとき、まるでふたりの会話が合図であったかのように、階段のほうから子どもたちの笑い声が聞こえてきた。

「あの子たちが来た」イーストンが言った。

「服を着て」ペイトンはベッドを出ると、大急ぎでフランネルのパジャマを身に着けた。イーストンが昨夜のスラックスとセーターを着た。

「ママ！」ドアが叩かれ、甘えた幼い声がした。

「朝だよ」

「ぼくたち、おなかへった！」

ペイトンは、ベッドのわきに立つ男性を振り返った。「準備はいい？」

イーストンがにっこりした。「ふたりを入れてくれ」

ペイトンはドアを開けた。「おはよう」

「ママ、ぼくたち――」言いかけたペンの瞳が輝いた。「イーストン！」

子どもたちが駆けよってきたので、イーストンが先に来たベイリーを抱きあげ、ペンを体の横で抱きしめた。「やあ、ふたりとも」

「おなかがぺこぺこなんだ」ペンがイーストンの手をつかんだ。「来て。いっしょに食べよう。ママ、パンケーキを焼いてくれる？」

「パンケーキね、いいわ」ペイトンは言った。「それと朝食のあとで、イーストンとわたしからあなたたちに大事なお話があるの」

皿に高く積みあがったパンケーキを、子どもたちはものすごい勢いで食べ尽くした。その一方、イーストンは神経が擦り切れそうな思いを味わっていた。幼い兄弟のどちらかがいつ〝特別なお話って何？〟と言いださないかと、気が気でなかった。けれど、朝食を前にした子どもたちは、母親の言葉などすっかり忘れてしまっている様子だった。

　子どもたちが忘れても、大事な話をする瞬間はついにやってきた。

「ぼくたち、二階へ行ってもいい？」食べおわったベイリーが尋ねた。

「使った食器を流しへ運んでね。それからテーブルへ戻って、座ってちょうだい」ペイトンが落ち着いた口調で子どもたちに言った。「あなたたちにいい知らせがあるのよ」

　ベイリーとペンは、おとなしくプラスチック製の皿とカップを流しがあるカウンターへ運んでから、戻ってきた。

「いい知らせって何？」幼児用の背の高い椅子に座って、ペンが尋ねた。

　ぼくはきみたちの父親なんだ！　イーストンはそう叫びたかったが、その気持ちをやっとのことで抑えつけた。

　ペイトンがコーヒーをひと口飲んでから、話しだした。「覚えてる？　あなたたち、何カ月か前にママに尋ねたでしょう。〝なぜぼくたちには、幼稚園のダミアンやクリスタルみたいに、パパがいないの？〟って」

　子どもたちがまじめな顔で、ゆっくりうなずいた。ベイリーが言った。「ママは言ったよ。〝パパはちゃんといるけど、いまどこにいるのかわからない〟って」

「そうよ。〝ママはパパを見つけることができなかったけれど、これからもずっと捜しつづける〟と答えたわ」

ペンが暗い顔つきで母親を責めた。「ママのせいで、パパは迷子になっちゃったんだね」

すると、それまでの自信に満ちた様子が一転し、ペイトンが見るからに落ち着きを失った。「ええ、そう。ママは……ママとパパはお互いに迷子になったの」

キッチンがしんと静まり返った。幼い兄弟は身を硬くして、母親が次に何を言いだすかを待っていた。

イーストンは、この沈黙に耐えきれなくなった。「ぼくなんだ」彼はだしぬけに言った。「ぼくがきみたちのパパだ」

ペイトンがはっと息をのんだ。子どもたちが衝撃に目を見開き、すばやくイーストンを見る。

「イーストンがぼくたちのパパ？」ベイリーがささやいた。

それまで止まっていたかのようだったイーストンの心臓が、ふたたび猛烈な速さで動きだした。

「そうだ、ぼくがきみたちのパパだ」彼は喉を詰まらせながら答えた。

ベイリーが椅子から下りて、まっすぐ父親に駆けよった。イーストンは床に片方の膝をつき、子どものために両腕を広げた。ベイリーがパンケーキのシロップでべたついた手で、父親の首にしがみつく。

「ぼくたちを見つけたんだね」そして熱っぽくささやいた。

「ああ。ようやく見つけた。本当にうれしいよ」イーストンはペンにももう一方の腕を差しのべた。けれど双子のもうひとりは、プラスチック製の椅子に座ったまま、用心深くこちらの様子をうかがっているだけだった。「ペン？」

ペンが身動きもせずに言った。「どうしてもっと前に言ってくれなかったの？」

「まずふたりと仲よくなって、ぼくがパパだとわかったときに、よろこんでもらいたかったんだ」

「うれしいよ」ベイリーが父親にひしとしがみつく。ペンはそれでも動こうとしなかった。「いつ、またいなくなるの？」

この質問に対する答えは、ひとつしかなかった。

「もう二度と、どこへも行かない」

その言葉がペンの心を動かした。子どもは椅子から飛びおりて、ハグに加わった。イーストンのこれまでの人生でもっとも幸福な瞬間だった。彼は左右の腕をそれぞれの息子の体にまわし、三人で固く抱きあった。

顔を上げると、涙ぐんだペイトンがこちらを見ていた。〝おいで〟と、彼は唇だけを動かしてペイトンに伝えた。

ペイトンは弱々しくほほえんだけれど、椅子から立ちあがろうとはしなかった。

11

日曜日、イーストンは丸一日農場で過ごした。雨模様だったが、昼過ぎにはしばらく晴れ間がのぞいたので、彼とペイトンは子どもたちを連れて子馬のディークとドティに会いに行った。子どもたちは子馬に乗る練習をした。

日が傾くと急に寒くなり、ちらちらと雪が舞いはじめた。ベイリーとペンは家の前の小道に立って灰色の空を見あげ、小さな舌で舞い落ちる雪を受けとめてご機嫌だった。

夕食はマリリンの家で、ほかのみんなといっしょにとった。

イーストンは天にものぼる心地だった。今日は朝から、息子たちやその母親と楽しい一日を過ごした。そのうえ、みんなで囲む食卓は、まさに大家族の食事どきのにぎやかさだ。望むものはすべてここにあった。

たしかに、ペイトンには結婚をせかさないと約束した。

だが、本当にこれ以上時間をかける必要があるのだろうか？ イーストンは彼女を妻にしたかった。家族四人で暮らしたい。細かな問題は、そのうち解決できるはずだ。

ところが、ペイトンは将来に疑問を持っている。彼女のまなざしに宿る暗い影を見たイーストンには、それがわかった。

子どもたちがベッドに入り、眠ってしまうのを待って、ペイトンが静かな口調で彼に言った。「ちょっといいかしら。話があるの」

イーストンはペイトンのあとから彼女の部屋に入った。「どうかしたかい？」

「座って」ペイトンの口ぶりは穏やかすぎた。

イーストンは安楽椅子に座った。

彼女がふたり掛けのソファに腰を下ろした。「今朝、あなたは子どもたちに〝もう二度と、どこへも行かない〟と言ったでしょう」

「ああ。そのつもりだからね」

ペイトンが表情を険しくし、唇を結んだ。「イーストン、子どもって、おとなの言うことを文字どおりに受けとめるのよ」

「わかっているが――」

「あなたとわたしの問題は、まだ何ひとつ決着していないわ。あなたが〝二度と、どこへも行かない〟と言ったとき、子どもたちはあなたがこれからずっとハートウッドにいるという意味に受けとめたのよ。このワイルドローズ農場にね」

「ペイトン、〝二度と〟とか〝いつも〟とは、何かを強調したいときに使う言葉だ」

「四歳の子どもにとっては、そうじゃないわ。幼い子にとって、物事はとても単純よ。相手がそばにいるか、いないかなのよ」

「待ってくれ。ぼくが〝二度とどこへも行かない〟と言ったのは、子どもたちの生活に寄り添うという意味だ。ぼくをあてにしてくれていいという意味だよ」

「ああ」ペイトンが腿の上で両手を握った。「そういう言い方なら、大丈夫。理解できるわ」

けれど、今度はイーストンのほうが奇妙な当惑を感じていた。ペイトンは母親として自信満々に見えることもあれば、いまのように育児の課題に関して途方に暮れているように見えることもある。「だったら、ぼくから説明し直そうか？　〝二度と〟の意味を、子どもたちに」

「いいえ。きっとあの子たちは自然と疑問を持って、いろいろききはじめるから、そのときを待ちましょう。たぶん、あなたがこの土地を離れるときには、わけを知りたがるわ。〝二度とどこへも行かない〟と言ったのに、どうしてって」

「ぼくがいつ、この土地を離れると言った？」

「イーストン、あなたはシアトルで暮らしているのよ。ハートウッドにずっといるわけじゃないわ」イーストンのみぞおちが引きつった。ペイトンは何を言おうとしているんだ？　あまりいい予感はしなかった。とはいえ、続けて彼女は言った。「だけど、あなたの言うとおりね」

その言葉を聞いて、イーストンは完全に混乱してしまった。「そうなのか？」

「わたしはただ、子どもの相手をするときは、表現に気をつけてほしいと言いたかっただけなの。あの子たち、初めのうちは、あなたがしばらくどこかへ行ってしまうだけで動揺するかもしれないわ。だけどそのうち、パパは出かけても、かならず戻ってくるとわかるでしょう」

「たとえ、ぼくが仕事か何かでしばらくここを離れたとしても、シアトルは月の裏側にあるわけじゃないんだ。それに、子どもたちはいつでもぼくと電話で話せるじゃないか」

「そうね」ペイトンがソファに座り直した。「そのとおりよ。わたしは、あの……もしかすると、些細《ささい》なことで大騒ぎしすぎたのかもしれないわ」

「ペイトン」イーストンは立ちあがり、彼女が座っているソファへ移った。

手を取っても、ペイトンはあらがわなかったけれど、何か恐ろしいことを言いだされるのではないかとおびえているような顔で彼を見ていた。

「いまのは、本当に子どもたちについての会話なのか?」

つまらないことでことさらに騒ぎたててしまったと、ペイトン自身も自覚していた。「もちろん、いまのは子どもたちの話よ」

わたしが感じている将来への不安は、ただの取り越し苦労にすぎないのかもしれない。事実、イーストンはこのうえなくたよりになる男性だ。

彼は心の中まで見透かすようなまなざしで、ペイトンを見ていた。「もう一度きくが、いまのは子どもたちについての会話かい?」

「あなた、何が言いたいの?」

「思ったんだ。いまのは、きみのことじゃないのかって。一度も会ったことのない父親と、親らしいことを何ひとつしてくれなかったきみの母親の。きみは子ども時代に親のせいで、とてもつらい思いをした。だから、息子たちが同じ思いをしないようにと懸命なんだ」

「さあ、どうかしら。でも、なぜわたしが子どもたちを守ろうとしてはいけないの？」

「もちろん、きみがペンたちを守ろうとするのは当然だ。だが、きみの親と同じことを、ぼくが自分の息子に対してすると思うかい？」

ペイトンは泣きたくなった。「いいえ、イーストン。わたしはあなたを信じているわ。あなたはずっと子どもたちのそばにいてくれるはずよ」

「よかった」イーストンが彼女の瞳の奥を見つめた。「ぼくは子どもたちだけでなく、きみの支えにもなるつもりだ。そっちも信じてくれる？」

「ええ」

けれどその返事はペイトンの舌に、嘘《うそ》をついたときのような苦さを残した。

イーストンの腕が体にまわされると、ペイトンはそのまま彼の胸に寄りかかりたくなった。けれど、素直にそうできなかった。

ふたりの関係が結局うまくいかなかったら？　イーストンがわたしに幻滅して、別れたいと言いだしたら、どうすればいいの？　わたしはこれまで、男性とこんなにも親密な関わりを持ったことがない。もしもイーストンが去っていってしまったら、大きすぎる喪失感にどうやって耐えたらいいのかしら？

ときに、イーストンとの絆《きずな》は切っても切れないもののように思える。けれど、いまはその絆がとてももろく感じられた。

彼が探るようにペイトンの顔を見た。「だったら、ぼくたちは大丈夫だね？」

「ええ」

イーストンがペイトンをかき抱いた。ペイトンは彼の腕の中で体の力を抜き、熱心にキスに応えた。

その夜、ペイトンはイーストンの温かい腕に包まれて眠りについた。

翌日、イーストンは夕食のころにペイトンの家へやってきた。そして、子どもたちが寝ついたあとで、幼稚園への送り迎えを手伝いたいと言いだした。

「仕事があるから、日中に子どもたちを迎えに行くのはむずかしい。でも朝、車で幼稚園へ送っていくことならできると思う」

ペイトンは厳しい口調を装って言った。「何を考えているかはお見通しよ。あなたの目的は幼稚園の設備を自分の目で確かめて、子どもたちの先生に会うことなんでしょう?」

「そうだ」

返事を聞いて、ペイトンはにっこりした。「いいわ」

火曜日の朝、ペイトンは自分の車に息子たちを乗せ、イーストンの車にあとを追わせながら、ハートウッドの幼稚園へ向かった。彼女は幼稚園の園長にイーストンを紹介し、息子たちの送り迎えを任せるための書類を書いた。イーストンは子どもたちの担任の先生と会って、教室の中を見せてもらっていた。

その夜のイーストンは妙に静かだった。ペイトンがどうしたのかと尋ねても、彼は〝別になんでもないよ〟と答えるばかりだった。

ペイトンはその答えを真に受けたりはしなかった。けれど、彼にキスをされたとたん、疑いや不安は頭の中からきれいに消えてしまった。

その週は矢のように早く過ぎていった。イーストンは毎夜農場に泊まったので、親子四人で朝食をとるのがペイトンの家の新しい習慣になった。

土曜日の夜はデートだった。イーストンは彼女を川沿いの自分の家へ連れていった。テーブルにはあらかじめ、美しい皿やろうそくが用意されていた。外には雪が降っていて、ふたりは新じゃがいもの付け合わせを添えたローストチキンを食べた。デザートはチョコレートクリームパイだった。

パイを半分くらい食べたところで、イーストンが自分の椅子を後ろへ引き、ペイトンに手を差しのべた。

「ここへおいで」抱きよせられてキスをされ、ペイトンはよろこびのため息をついた。「きみの唇はおいしいな」イーストンが彼女の唇をついばみながらささやいた。

「パイのせいだわ……」

彼がもう一度キスをした。

そのあと突然、イーストンがペイトンの目の前で床に片方の膝をついた。ペイトンが驚き、目を丸くして見守る中、彼は自分のポケットに手を入れ、指輪を取りだした。楕円《だえん》形のダイヤモンドをピンクの小粒の宝石が取り巻く、美しい指輪だった。彼女は泣きたくなったけれど、その目に涙はなかった。

「愛している、ペイトン」イーストンが言った。「きみこそ、ぼくの運命の人だ。きみと子どもたちは、ぼくにとって世界のすべてだよ。解決すべき問題が、まだたくさんあるのはわかっている――お互いが暮らしている場所のこと、ぼくの母のこと、どちらもこれから解決すべき問題だ。明日、結婚してほしいとは言わない。だが、ふたりで協力しあえば、きっとすべてを乗り越えられると信じている。いまのところはただ、きみもぼくを愛してくれていると知りたいんだ。そのために、この指輪を身に着けてほしい」

ペイトンは喉元を手で押さえた。「ああ、イーストン、わたし……」

「きみにとって、ふたりの未来を信じることがむずかしいのはわかっている。ためらうのも理解できる。ふたりの関係がうまくいかなくなるのを恐れているんだろう？　それでも、ぼくといっしょに一歩、前へ踏みだしてほしい。今夜、〝結婚する〟と言ってくれ。ふたりの未来を信じてくれないか？　ぼくたちならきっと幸せになれる」

イーストンは片方の膝をついたままペイトンを見

あげ、返事を待っていた。

「わたし、怖いの」ペイトンはささやいた。

「わかっている。大丈夫だ。ぼくはどこへも行かない。その事実を胸に刻んでほしいんだ」

ペイトンのまぶたの縁に涙が盛りあがった。「わたしはずっと前から、一生結婚するつもりがなかったの」

「子どもを持つつもりもなかった。そうだろう？」

「ええ、そうね。わたしは……」

イーストンがやさしく彼女の返事をうながした。

「あらかじめ立てた計画は、ときに変わり得るものだよ」

なぜイーストンにはわからないの？　わたしには結婚なんて考えられない。結婚してどう暮らすのか、見当がつかない。「結婚は人生の転機だわ。わたしは、そんなに大きな変化を受け入れる覚悟ができていないのよ」

「ペイトン、きみはぼくのプロポーズをことわろうとしているのか？」

「わたし……」

イーストンが指輪をポケットに戻して、ゆっくりと立ちあがった。「きみが望んでいることはなんなんだ？」尋ねる口調は静かすぎた。

「わたし、あの……」

彼がペイトンの肩を両手でつかみ、彼女の目をまっすぐのぞきこんだ。「もう一度言う。ぼくはきみを愛してる。いまきみがしていることは、子どもが駄々をこねているのと同じだ。ぼくはどこへも行かない。きみとずっといっしょにいる。そのことを、これ以上どう説明すればいいかわからない」

「わたしだって、あなたとずっといっしょにいたいわ。本当よ」

「ぼくといっしょにいたい。だが、結婚に踏み切るのは怖い。ぼくがある日突然、きみを置いてどこかへ行ってしまうかもしれないからか？」ペイトンはうなずいた。

彼女を見つめるイーストンのまなざしは、みじんも揺るがなかった。「いまのがいかに支離滅裂な言い分か、きみ自身にもわかっているはずだ。きみを支配しているのは、小さな子どもだったころのきみだ。父親に会ったことがなく、無責任な母親もいつもそばにいなかった。五年前にぼくと別れさせたのは、その小さな女の子だよ」

ペイトンはあえいだ。「わたしは、そんな……いいえ。ふたりは合意のうえで別れたのよ」

「やめるんだ」イーストンの指が彼女の肩に食いこんだ。「あのとき何があったか、きみも正確に覚えているはずだ。ぼくは最後に懇願した。電話番号を教えてほしい、またきみに会いたい、と。だが、きみはぼくのたのみを拒んだ。そして、ふたりは五年という長い年月を失ったんだ。きみはもう、おびえた女の子の言いなりになるのをやめるべきだ。ぼくを信頼してくれ」

「だけど、考えたら……いろんな不都合があるの。伯母はわたしを育ててくれた恩人よ。これから年を取るにつれて、伯母にはわたしの助けが必要になるわ。それに、姉のジョージーはひとりで子どもを産む決意を固めているの。姉は前から赤ちゃんを欲しがっていたわ。でも、姉の前にすてきな男性は現れなかった。あなたも気づいたはずよ。ジョージーの生活に男性の影はないって」

「どういうことだ？」

「ジョージーは妊娠するために精子バンクを利用したの」

イーストンが少しばかりたじろいだように見えた。

「知らなかった……」

「ジョージーがシングルマザーになると決心したと

きに、約束したのよ。わたしがいつもそばにいるわって。ベイリーとペンを授かってから、姉もわたしにそうしてくれたんだもの。それに、忘れてはいけないことがほかにもあるわ。あなたのお母さんはわたしを憎んでいる――」

「いいや、憎んでなんかいない。いずれ母は、きっと自分の間違いに気がつく」

「でも、本当にそうなるかどうかはわからないわ」

「ペイトン、きみは伯母さんやジョージーやぼくの母を言い訳に使っているだけだ。ふたりの未来を信じて、思いきって踏みだせば、どんな障害もなんとかなる」

「それだけじゃなくて――」

イーストンが彼女の唇に指を当てた。「ぼくの話はまだおわっていない」

ペイトンは深く息を吸った。「何?」

「ジョージーと伯母さんが心配なら、農場の仕事を手伝ってくれる人を雇えばいいんだ。それにきみだって、必要なときにはいつでも帰ってこられるじゃないか。ぼくと子どもたちも、農場で休暇を過ごそう。たぶん、ぼくの両親やウェストンも来たがるだろうな。みんな、ハートウッドを好きになる。ぼくの父はもう、このあたりの土地に夢中だ。金ならぼくが払うから、きみは飛行機で休みごとにここへ帰ってくればいい」

「すてきだわ。完璧よ。だけど、絵空事みたいなハッピーエンドは、ちょっと信じられないの。わたしの経験から言わせてもらうと、人生はそんなうまい具合には運ばないわ」

イーストンがペイトンを見つめて、首を左右に振った。「どう言えばわかってもらえるんだ? ぼくは五年ものあいだ、きみとの再会を待ちつづけた。きみだって、ぼくが現れるのを待っていた。ぼくたちは家族なんだ。きみとぼく、そして子どもたちは本物の家族だ」

ペイトンはイーストンを見つめ返した。この人の言葉を信じたい。けれど……。

「どうすればいいかわからないの。あなたが望むようにどう変わればいいかが――」

「いいや、きみにはわかっているはずだ」

「ああ、イーストン。ごめんなさい。とにかく、わたしには無理なのよ」

彼はとても長いあいだ、ペイトンを見つめていた。そして、最後に肩をすくめた。「コートとバッグを取ってくるといい。家まで送ろう」

車が農場に着くまでの時間は、永遠のように長く感じられた。どちらも口をきかなかった。

イーストンが彼女の家の前で車を停《と》めた。

「おやすみなさい、イーストン」ペイトンは車を降りて言った。彼女が家の中へ入ると同時に、車は走り去った。


翌日の日曜日の午後、イーストンは子どもたちといっしょに出かけ、四時ごろにふたりを家まで送り届けた。

さらにその翌日の朝には、子どもたちを幼稚園へ送っていった。彼は夕食のあとにふたたび現れ、ペンとベイリーの就寝時間までいっしょに遊び、それから帰っていった。

火曜日の夜も、子どもたちはイーストンが寝かしつけた。ペイトンはもう、彼とのあいだにできてしまった溝に耐えられなくなっていた。彼女は、少し話ができないかとイーストンに尋ねた。

「この前の話に何かつけ加えることでも?」イーストンの声はやさしく、まなざしは穏やかだが……悲しげだった。

ペイトンはありったけの勇気をかき集め、やっとのことで言った。「あの、あなたを愛しているわ、イーストン。とても愛してる」

「ああ、だから？」彼がほほえんだ。

「だから、わたしはあなたを失いたくないの。試しに婚約してみてもいいと思ってるわ」

イーストンが熱っぽい目でペイトンを見つめた。

「試しに婚約してみてもいい……」

「ええ」

彼がペイトンの顎に指をかけた。「ぼくもきみを愛してる」そしてすばやくキスをし、彼女がすがりつこうとする前にあとずさりをした。「だが、だめだ。それではじゅうぶんじゃない」

ペイトンはぽかんと口を開けた。

「明日も、ぼくが子どもたちを幼稚園へ送っていくからね」そして、イーストンは帰っていった。

「それで、あなたと彼は、何がうまくいっていないわけ？」ジョージーが尋ねた。

水曜日の朝九時を過ぎたところだった。イーストンは約束どおりに現れ、息子たちを車で幼稚園へ送っていった。

ペイトンはキッチンのテーブルの前に立ったまま、椅子に座っている姉に言った。「わたしはいそがしいの。もうとっくに原稿に取りかかってなきゃいけない時間なのよ」

ジョージーが長いカーリーヘアを顔の前から払いのけて、大きなおなかをさすった。「泣き言を言ってないで、座りなさいよ。わたしに全部話して」

ペイトンは手近な椅子にどさっと腰を下ろした。

「彼に結婚を申しこまれたの」

「まあ、なんて恐ろしい」

「おもしろがらないで」

それから十分ほどかけて、ペイトンは土曜日の夜のプロポーズのことを姉に語った。話の途中、イーストンのプロポーズを拒んだくだりでは、目から涙があふれだした。

　ジョージーが座ったまま後ろを振り返り、ティッシュペーパーの箱を取ってテーブルの上に置いた。

「ここへ来て、ペイトン」ペイトンは椅子ごとそちらに近づき、姉の肩に頭をのせた。「話を続けて」

　ペイトンは残りの部分を打ち明けた。「土曜日の夜から、彼はわたしとほとんど口をきいてくれないの。ゆうべはわたし、とうとう勇気を出して〝試しに婚約してみてもいいわ〟って、彼に言ったのよ。だけどイーストンは、そんな提案ではじゅうぶんじゃないと言って帰ってしまったの」

　ジョージーが妹の肩を抱いていた手に力をこめた。

「あなたがわたしのそばを離れられない理由について、話しあいましょうか」

　ペイトンは姉に寄りかかっていた体を起こした。

「いまの声の調子が気に入らないわ」

「わたしは、あなたが結婚しない口実として使われたのが気に入らないわ。イーストンの言うとおりよ。あなたがシアトルへ引っ越しても、わたしは大丈夫。マリリン伯母さんだって同じよ。ええ、たぶん、農場の手伝いとして人を雇うことにはなるでしょうね。それでいいじゃないの。問題解決よ。あなた、夜になったら、イーストンに告白しなさい。死ぬほど愛してるって。ごちゃごちゃとつまらないことを言わないの。よしてよ、〝試しに婚約してみてもいいわ〟だなんて」ジョージーが弱々しい声を出して、妹の言いぐさをまねた。

　ペイトンは横目で姉をにらんだ。「姉さんだって、結婚は願い下げなんでしょう？」

「ええ、そうよ。でも、わたしには愛する人がいるわけじゃないわ。そこがあなたとの違いよ」テーブルの上に置いてあった、ジョージーの携帯電話が鳴りだした。彼女は電話を取りあげ、送信者の名前に目を走らせた。「動物病院からだわ」ジョージーがパートタイムで勤務している動物病院は、要請のあった地元の農場などへ、獣医を差し向ける窓口となっている。「行かないと」

「慰めてくれて、ありがとう」

「姉妹なんだから、お安いご用よ」

けれども、ペイトンは唇をとがらせた。「手厳しいことを言われたけどね……」

ジョージーが大儀そうに椅子を後ろへ押しやった。

「とにかく、わたしを言い訳に使わないで。それと、愛する人をわざわざ自分の手で遠ざけてはだめよ。イーストンと話しあいなさい。彼にすべてを打ち明けるの。人間失格だったママのことや、あなたの父親のことをね。そして抱きしめてもらって、彼の側の話を聞きなさい。彼の言葉を信じるのよ。それが全部おわったら、あなたからイーストンに贈り物をするといいわ」

「贈り物って、何を?」

「あなたがイーストンから取りあげてしまったもの。以前は、彼に差しだすことをあなたが怖がっていた何かよ」

「姉さんが何を言ってるのか、わからないわ」

「なら、わたしが出かけたあとで、胸に手を当てて考えるのね」

その夜、子どもたちを寝かしつけて帰ろうとしていたイーストンを、ペイトンはあと少しのところで引きとめそこねた。自分にもう一度チャンスを与えてほしいと、懇願するつもりだった。

けれど結局、何も言えずにいるうちに、イーストンは出ていってしまった。ペイトンはベッドの中で遅くまでまんじりともせず、彼に言うべき言葉を考えた。イーストンの妻となって、シアトルで暮らす決心がついたということを、彼には心から納得してもらわなくてはならない。

けれど、一字も打ちこまないうちに、携帯電話が鳴りだした。

相手の番号はまったく知らなかった。留守番電話機能にまわしてしまおうか？

けれど、なんとなく気になって、ペイトンは電話に出た。「もしもし？」

「あの、もしもし？　ペイトンかしら？」女性の声には、うっすらと聞き覚えがあった。

でも、誰なのかわからない。「はい、そうです。どなたですか？」

「わたしは……」電話の向こうの女性が、明らかに不安そうに口ごもった。

ペイトンは相手をうながした。「はい？」

「ペイトン、ジョイスよ。イーストンの母親のジョイス・ライト」

木曜日はクリスマスの前日だった。その日の朝も、イーストンは時間どおりに現れ、子どもたちを幼稚園へ送っていった。

ペイトンはデスクの前に座って、原稿に取りかかろうとした。けれど窓の外の玄関のわきにある、からまった野ばらのつるをぼんやり眺めているだけで、時間は過ぎていった。その向こうの家々の芝生には、まばゆく輝くまっ白な雪が積もっている。ペイトンの家と伯母の家のあいだには、にんじんの鼻がついた立派な雪だるまが三つ並んでいた。それらは昨日の午後、子どもたちがアーネストに手伝ってもらって作りあげた力作だ。その向こうの木には、クリスマスらしい色とりどりの電飾が飾られていた。雪は屋根にも積もり、きらきらしていた。

一時間ほどそうやって座っていたあと、ペイトンはようやくコンピュータに向き直った。

「さあ、仕事よ」

12

「ジョイス」ペイトンは用心深く声を出した。「お元気ですか？」

「元気だけれど、とても緊張しているわ」イーストンの母親が答えた。「夫のマイロンがあなたの電話番号を教えてくれたの。あなたは気にしないだろうと言って」

「もちろん、かまいません」

「ペイトン、あなたのお宅にお邪魔してもいいかしら？　ふたりで少しお話しできたら、うれしいわ」

「わかりました。いつお見えになりますか？」

「いまはどう？」

「じゃあ、ハートウッドに来ているんですか？」

「実を言うと、お宅の前の道をちょっと行ったところにいるのよ」

ペイトンは、コンピュータの画面上で点滅するカーソルにちらっと目を向けた。今日はもう仕事はあきらめたほうがよさそうだ。

「わかりました。どうぞ、おいでください」

二分後、巨大なキャンピングカーが、ペイトンの部屋の窓を完全にふさぐ位置に停《と》まった。

ジーンズに分厚い冬用の上着を着たジョイスが、車から降りてきた。その後、キャンピングカーはふたたび動きだした。

車が完全に見えなくなってから、ジョイスがペイトンの家に向き直った。彼女はポケットに両手を入れて、ポーチの階段をのぼった。

呼び鈴が鳴らされる前に、ペイトンは玄関のドアを開けた。「こんにちは、ジョイス。どうぞ入ってください」

ジョイスがおどおどとした表情で家の中に入ると、ペイトンはドアを閉めた。

「ありがとう、ペイトン。目の前でドアを閉めないでくれて」イーストンの母親が言った。

「どういたしまして。コーヒーをいかがです？ それとも、もっと強いものがいいですか？」

「誘惑しないで。わたしは頭をはっきりさせておかなくてはいけないの」

「なら、コーヒーですね」

五分後、ふたりはそれぞれコーヒーのマグを手にしてテーブルについた。「クリスマスツリーがきれいね」

「みんなで飾りつけをしたんです。イーストンとわたしと子どもたち、それにマイロンも手伝ってくれて。それはそうと、すてきなキャンピングカーですね」

「ありがとう。使いはじめたら、意外と気に入ってしまったの。マイロンは最初から夢中だったし」ジョイスがコーヒーをひと口飲んだ。「夫は一時間したら、戻ってくることになっているわ」

「子どもたちがよろこびます。マイロンは小さな子の相手をするのが上手ですね」

「夫は、実のお祖父《じい》ちゃんだ、と子どもたちに言うのを楽しみにしているわ」

「ええ、そうすることになっているんです」

ジョイスがマグを包みこんでいる自分の両手を見おろした。「わたしは、その、あなたとふたりだけで話したかったの」神経質そうな笑い声をもらす。「そんなにおびえないで。前のような騒ぎを起こしに来たわけじゃないわ」

ペイトンはゆっくりと息を吐きだした。「そうですか」

「ここへ来たのは、先月わが家であったことを謝りたかったからなの。わたしは口をきわめて、あなたをののしってしまった」

たしかに、ジョイスは口をきわめてペイトンをののしった。けれど、やさしげな面立ちをした年配女性本人の口からそう聞かされると、とうていうなずくことはできなかった。

ジョイスがペイトンにのばしかけた手を、思いとどまって引っこめた。「何年も前にウェストンの身にあったことが、どうしても忘れられなかったの。だけど、あのふるまいに弁解の余地はないわ」

「イーストンから全部、聞きました。相手の女性はあなたにひどいことをしたんですね。そして、あなたは相手の話を信じてしまった」

「ばかだったのよ。わたしはナオミにいいように踊らされたわ。彼女のおなかの子をウェストンの子と信じて、すっかり舞いあがってしまったの。真相がわかったときには、立ち直れないほどの衝撃を受けたわ。ナオミはお金のなる木を探していただけで、わたしは自分に約束したわ。もう二度と、あんなふうに他人には利用されないって。ところが、薬が効きすぎてしまったのね。せっかく、あなたが孫の存在を教えにわが家へ来てくれたのに、わたしはもうひとりのナオミ呼ばわりしてあなたを責めた。間違った結論に飛びつき、それをかたくなに信じつづけたわ。そのせいで頭を冷やして、許しを請いにここへ来るまでに、何週間もかかってしまった」

許しを請う？　さっき、ジョイスが不安と恥ずかしさに押しつぶされそうな表情で玄関前にいるのを見たときに、ペイトンはすっかり彼女を許していた。

「許しますとも。本当です。水に流しますから、どうかあなたもそうしてください」

「ありがとう」ジョイスが下を向いたまま、小さな声で言った。「あなたはわたしなんかより、ずっといい人なのね」

「やめましょうよ。顔を上げてください」

ジョイスが顔を上げた。その目には涙がたまっていた。「本当にうれしいわ。ほっとした。あなたがひとりで出ていったあの夜以来、ずっと胸がつかえて苦しかった。心の底では、わたしのせいで大変なことになってしまったとわかっていたのよ。きっと、一生孫には会えないんだろうって……」

「ジョイス、もうおわったことです」ペイトンはティッシュペーパーを一枚取って、ジョイスに渡した。ジョイスがそれで涙を拭いた。「それともちろん、あなたにも今日、子どもたちに会ってもらいます。マイロンが戻ってきたら、三人で幼稚園へ子どもたちを迎えに行きましょう」

その提案を聞いて、ジョイスの目には新たな涙が浮かんだ。はなをすすりながら言う。「ウェストンはよく無茶をして面倒事に巻きこまれたの……」

「そうですってね」

「でも、イーストンは昔から、とてもまじめないい子だった。あの子があなたと出会って、本当によかったわ。イーストンは十一月のあの夜以来、わたしとは口をきいてくれないけれど、マイロンが話してくれたの。息子はあなたを心から愛しているって。ようやく、あの子は自分にふさわしい女性を見つけたのね」

ペイトンの目にも涙が浮かんだ。「わたしは、あの……」

「どうしたの？　わたしが何か言った？」ジョイスがテーブル越しに腕をのばした。

ペイトンも手を差しのべ、ふたりは固く手を握りあった。「あなたのせいで動揺したわけではないんです。ただ……わたしは子どものころ、すさんだ家庭に育ちました。そのせいか、素直に受けとめられないんです……イーストンの愛を」

「まあ、かわいそうに」ジョイスは立ちあがった。ペイトンも席を立った。そして、ふたりは互いに近づき、ひしと抱きあった。ペイトンにとっては、これほど奇妙な抱擁はなかった。なにしろ、自分を詐欺師呼ばわりしたイーストンの母親と抱きあっているのだ。

ふたりは抱きあったまま、いっしょに声をあげて泣いた。

涙と悲しみの嵐が収まると、ふたりはティッシュペーパーではなをかみ、涙をぬぐった。

「イーストンとのあいだに何があったにせよ、あなたならきっと乗り越えられるわ」ジョイスが言った。

ペイトンはしゃくりあげた。「そうだったらどんなにいいか。詳しくは話せませんけど、問題を抱えているのはわたしなんです……」

ジョイスが何も言わず、ペイトンの手をやさしく叩《たた》いた。

ペイトンは少しだけ説明した。「わたしはイーストンを傷つけてしまったんです。そして、彼を失望させてしまった。いまとなっては、イーストンとのあいだにできた溝を、どうやって埋めたらいいかわかりません」

「わたしからの助言を聞きたい？」

「ええ、ぜひ」

イーストンの母親が涙に濡《ぬ》れた顔でにっこりした。

「ためになるかどうかはわからないけど、そうね、プライドはわきへ置いて、イーストンに洗いざらい話してしまうの。感じていることや考えていることを全部。お願いだから、わたしみたいにならないで。仲直りするのに、何週間も時間をかけてはだめよ」

幼稚園へ子どもたちを迎えに行く前に、ペイトンはイーストンに電話した。

「どうかしたかい？」声には気づかいが感じられたけれど、同時によそよそしくもあった。

「あなたのお母さんとお父さんがここにいるの」

「なんだって？　母が、いったい――」

「すべて丸く収まったわ」ペイトンはイーストンをさえぎった。「お母さんとよく話しあったの」

「母はきみに謝ったのか？」

「ええ。誠心誠意、謝ってくれたわ」

「ふたりはいま、そこに？」

「いいえ。ディークとドティを見に行ってるわ。わたしがあなたに電話できるように、席をはずしてくれたみたい」

「きみは本当に大丈夫なのか？」心から心配しているらしいイーストンの声を聞いて、ペイトンは彼を抱きしめたくなった。

「心配しないで。本当よ。あなたのお母さんとわたしは仲よくなったわ。あなたに電話したのは、これから三人で幼稚園に子どもたちを迎えに行こうと思っているからなの。いいかしら？」

「無論だ。きみがかまわないなら」

「かまわないわ。それと、ふたりは今日〝お祖父ちゃんとお祖母《ばあ》ちゃんですよ〟って伝えたいと言っているの。あなたも、その場に居合わせたいんじゃないかと思って」

「ああ、ぜひ。こうしよう。ぼくは今日、仕事を早く切りあげる。二時にはきみの家へ行くよ。父と母には、伝えるのはぼくが到着するまで待ってほしいと言っておいてくれるかい？」

「わかったわ」

「きみは本当にそれでいいのか？」イーストンが再度、尋ねた。

「ええ、いいわ。ペンとベイリーはきっと、マイロンに会えて大よろこびよ。ジョイスも子どもたちに会うのが待ちきれない様子だわ。家へ戻ったら、クリスマス映画の一場面みたいに、みんなでマシュマロを浮かべたホットココアを飲むつもりなの」

イーストンが楽しそうに笑った。「きみのギターの伴奏で、子どもたちとクリスマスキャロルを歌うといい」

「すてきだわ。じゃあ、二時にね」

ペイトンが電話を切ると、直後にジョージーからメールが来た。

〈いま、マイロンに〝こんにちは〟を言ったの。悪名高きジョイスにも会ったわ。助けが必要?〉

〈ありがとう。でも、助けはいらないわ。ジョイスとわたしは仲直りしたの。これから、みんなで子どもたちを迎えに行くのよ〉

〈よかったわね〉

〈ええ、本当によかった〉

〈でも、もしもの場合は、〝助けて!〟ってメールしなさいね〉

ペイトンはにっこりして、姉にハートの絵文字をたくさん送った。

約束どおり、イーストンは二時にペイトンの家へ到着した。彼の車が玄関前に停まると、子どもたちが《赤鼻のトナカイ》を歌うのをやめた。

「パパだ!」ベイリーとペンは叫び、飛びあがって駆けだした。

イーストンがポーチの階段をのぼりきった瞬間、ペンが玄関のドアを開けた。「パパ、パパのママとパパが来てるよ!」

「やあ、ふたりとも」イーストンは片腕にひとりずつ息子を抱きあげ、居間まで運んでソファに下ろした。子どもたちはよろこんでくすくす笑った。

マイロンとジョイスが同時に椅子から立ちあがった。

「イーストン……」ジョイスは泣きだす寸前のように見えた。

イーストンは母親を抱きしめた。「元気だった、母さん?」

ジョイスは小さくはなをすすって、息子の広い肩をぽんぽんと叩いた。「いま、ようやく元気になったわ」そして爪先立ちになり、息子の耳に何事かをささやいた。

「いいんだ。もうすっかり許したよ」

ソファの上では、子どもたちがまじろぎもせず、イーストンとジョイスのやりとりに見入っていた。

「やあ、父さん」次にイーストンは父親を抱きしめた。

ペイトンがギターをケースにしまった。「イーストン、わたしたちはホットココアを飲んだの。あなたもどう？」

「いいね」

温かいココアのマグを受けとると、イーストンは子どもたちと並んでソファに腰かけた。

「おいしい」彼はひと口飲んで言った。そして、マグをテーブルに置き、息子たちにきいた。「じゃあ、もうマイロンとジョイスがぼくのパパとママだってことは知ってるんだね？」

「うん」ペンが答え、ベイリーもうなずいた。

「ところで、お祖父ちゃんとお祖母ちゃんについては、どれくらい知ってる？」

「どんな人かってことは知ってるよ。本に出てくるもん」ベイリーが言った。「でも、ぼくたちにはどっちもいないんだ。ぼくたちのお祖母ちゃんは、ずっと前に死んじゃったんだって」

ペンが言い添えた。「だけど、ママが言ったよ。ぼくたちにはマリリン伯母さんがいるから、お祖母ちゃんがいるのとおんなじだって」

イーストンは、おもしろがるような視線をペイトンに向けた。そして、子どもたちに言った。「そのとおり。マリリン伯母さんがいれば、お祖母ちゃんがいるのと同じだ。それはそうと、自分のお祖父ちゃんやお祖母ちゃんと、そうでない人をどうやって見分けるかは知ってるかな?」

子どもたちが眉間にしわを寄せた。「お祖父ちゃんやお祖母ちゃんがいたら、ママがそう言うんじゃない?」ペンが言った。

イーストンはうなずいた。「ああ、ママが教えてくれるかもしれない。だけどときには、お祖父ちゃんやお祖母ちゃんがいても会えないことがあるんだ」

「死んじゃったから?」ベイリーが尋ねる。

「そう。お祖父ちゃんとお祖母ちゃんは天国にいるのかもしれない。それとももしかすると、ふたりはうんと遠くに住んでいるのかもしれない」

子どもたちはこの新たな話に、当惑している様子だった。

ペイトンは思わず、イーストンに救いの手を差しのべそうになった。抽象的な話し方では、四歳児には伝わらない。けれど、彼があまりにも真剣なので、割って入るのはやめにした。

「こんなふうに考えてごらん」イーストンが言った。「誰がお祖父ちゃんやお祖母ちゃんかは、その人たちがママとパパのママとパパだから、わかるんだって」

子どもたちはすっかり途方に暮れた表情で、自分たちの父親を見つめていた。

ついに我慢できなくなったジョイスが、飛びあがるようにして席を立った。「パパが言おうとしているのは、わたしがあなたたちのお祖母ちゃんだってことよ」彼女は夫のほうへ手を振った。「そして、この人があなたたちのお祖父ちゃんなの」

子どもたちはぽかんと口を開けていたが、少ししてお互いに顔を見あわせた。

ペンがささやいた。「ぼくたちにはお祖母ちゃんがいたんだって」

ベイリーはうなずいた。「それに、お祖父ちゃんも」

「ええ、そうよ」ジョイスが言った。「あなたたちさえよかったら、お祖父ちゃんとお祖母ちゃんにハグしてくれるとうれしいわ」

子どもたちはハグの意味なら完璧に理解できた。ふたりはソファから飛びおりて、新たに見つかった祖父母に駆けよった。

夕食がすむと、ジョイスとマイロンは、ペイトンが子どもたちを寝かしつけるのを手伝ってくれた。その後、ふたりはペイトンの家の電源に、乗ってきたキャンピングカーをつながせてほしいと申し出た。車中で寝起きするのだという。

「もちろん、かまいませんけど、外は寒いですよ。車で寝たら、凍えてしまいませんか？」

すると、ジョイスが明るく笑った。「マイロンの選んだキャンピングカーは、どんな寒冷地でも快適に過ごせるようになっているの」

マイロンも得意げに言った。「ジョイスとふたりでアラスカへ行くことを計画しているんだ。ツンドラ地帯でキャンプを楽しみたいと思ってね」

車輪付きの邸宅のようなキャンピングカーへ夫とともに引きとる前に、ジョイスはペイトンをわきへ連れていった。「あの子には思いきりどんとぶつかって」テレビでアメリカンフットボールの試合を観《み》ている自分の息子を、身振りで示す。「きっとうまく行くわ」

ペイトンは弱々しくほほえみ、あいまいにうなずいた。彼女自身も、ふたりの未来についてイーストンと本音で話したいとは思っていた。けれど、どうやって切りだせばいいかがわからなかった。

「しばらく残ってもらえる？」ジョイスとマイロン

がキャンピングカーへ引きあげたあと、ペイトンはイーストンに尋ねた。「二、三、話したいことがあるの」

彼がゆがんだほほえみを浮かべた。

「きみがドアの前に立ちふさがっているから、帰りたくても帰れないよ」

ペイトンは不安をひた隠しにして、ゆっくりと両腕を広げ、玄関のドアに背中をつけた。「わたしはここをどかないわ。だから、あなたはわたしの話を聞くことになるのよ」

イーストンが腕を組んだ。「聞こうじゃないか」

「わたしの部屋へ来て」ペイトンは先に立って自分の部屋へ向かった。

彼があとについて部屋へ入ってきた。

ペイトンはドアを閉めて鍵をかけた。「座って」

イーストンはまだ腕組みをしていた。「ぼくは立ったままでいい」

ペイトンは慎重に息を吸った。イーストンが部屋に来てくれたおかげで、少しだけ胸を撫《な》でおろすことができた。けれど、彼女はいまに至ってもなお、肝心なことを伝える方法がわからなかった。

「話って?」イーストンが不愛想に尋ね、組んでいた腕を両わきへ下ろした。

「あなたに知っておいてもらいたいことがあるの」

ペイトンは言った。

どこから話せばいいの? ペイトンは考えあぐねたあげく、最初に頭に浮かんだことを告白した。

「〈ハートウッド・イン〉であなたに出会うまで、わたしは長いこと誰ともベッドをともにしていなかったわ。あなたと別れてからも同じよ」

「カイル以外の相手とは、だろう」イーストンがペイトンの言葉を訂正した。

「いいえ……。カイルともベッドをともにしなかった」

イーストンが目をしばたたいた。「だが、きみはカイルと婚約していたんだろう?」

「ええ。あの人は子どもたちを愛してくれたし、昔からわたしに好意を持っていたの。ペンたちが生まれてから、よくうちに来るようになって、いろんな手伝いをしてくれたわ。そして子どもたちが一歳になると、カイルはわたしにプロポーズしたの。でもわたしは、うまくいくわけがないからとことわった。すると、子どもたちが二歳になってから、彼はもう一度わたしにプロポーズしたのよ。そのころにはわたし、あなたとは二度と会えないだろうと考えるようになっていたの。わたしはプロポーズを承諾し、カイルにキスされたわ。でも、わたしは少しして唇を離してしまったの。いつもそんな調子だったのよ。一度もベッドをともにするところまでは行かなかったわ。何カ月かが過ぎて、ようやくカイルは現実を直視したの。彼とわたしは、結婚してもどうにもならないって。だから、婚約を解消したのよ」

イーストンの目がさっきまでよりやさしくなった。「ぼくもだ。五年前にきみと別れてから、ほかの女性とは一度もベッドをともにしなかった。ほかの誰にも恋をしなかったんだ」ペイトンのまなざしをとらえたまま尋ねる。「ほかには何を話したいんだ、ペイトン?」

「昔のこととか?」

「いいよ。話してくれ」

「七歳くらいのときだったわ。わたしは母に父親のことを尋ねるようになったの。最初、母はまともに取りあってくれなかった。だけど、何度目かに尋ねたとき、酔っぱらっていた母はわたしに言ったわ。〝赤ちゃんができたと打ち明けたその日に、あなたの父親は町からいなくなってしまった。だから、父親のことは忘れなさい〟って。〝その男はあなたを欲しがらなかったんだから、もううるさくきかないで〝って」

イーストンが痛ましそうに顔をゆがめた。「ペイトン……」手を差しのべようとする。

けれど、彼女はあとずさりをした。「待って。最後まで話を聞いてちょうだい」

もう一度、彼が体のわきに腕を下ろした。「わかった」

「その後、母は話を変え、わたしの父親はどこの誰かわからないと言いはじめたの。だけど、わたしは酔っぱらったときの話を決して忘れなかった……。それと母はよく、わたしが母自身に似ていると言ったわ。将来したいことが決まっていたアレックスや、母性のかたまりみたいなジョージーとはまったく違う、奔放なおとなになるだろうと繰り返していたの。わたしはその言葉を信じこんでしまった。自分は奔放な人間だと思うと強くなったような気がして、大胆でばかげたことをするのもそのせいだと思ったの。だから、あなたが目の前に現れたとき、つかまえて手放さずにいるだけの分別がなかったんでしょうね。だけど、イーストン、わたしはもうそんな母の呪縛から解放されたわ。あなたを愛したからよ。あなたなしの人生なんて考えられない。あなたこそ、わたしの運命の人よ。わたしにとって、ほかに男性はいない。あなただけなの」

イーストンはみじんも揺るがないまなざしでペイトンを見つめていた。「ぼくはここにいる。どこへも行かない」

「ああ、イーストン……」

「愛している、ペイトン。プロポーズした土曜日の夜から、ぼくは待っていたんだ。ふたりはお互いのものだということに、きみが気づいてくれるのを」イーストンがポケットに手を入れ、美しい指輪を取りだした。「実は、これをずっと持ち歩いていた」

「ああ、神さま」ペイトンは思わず天を振り仰いだ。

「左手を」

彼が豪華な指輪をペイトンの左手にはめたとき、彼女の指はかすかに震えていた。「美しいわ」

そして、イーストンが両腕を広げた。

ペイトンは小さな声をあげて、その中へ飛びこんだ。「愛してるわ。これからの人生をあなたとともにしたい」頭を後ろへ傾けて、イーストンを見あげる。「お願いだから、わたしと結婚して。いっしょにシアトルで暮らしましょう。子どもたちと四人で……」

彼がペイトンの鼻の頭にキスを落とした。「だが、ハートウッドには頻繁に帰ってこよう。ぼくや子どもたちといっしょに」

「こまごましたことは、あとで決めればいいわ。わたしはただ、早くあなたのものになりたいの。それに、あなたをわたしのものにしたいのよ」

「ぼくはきみのものだよ」


ペイトンは思いきってほほえんだ。「つまり、いまのは〝イエス〟ってこと？」

「ああ、そうだ」

「わたし、すぐにでも結婚したいわ」

「ああ」イーストンがうなずいた。

「新年の一月一日はどうかしら？」

「いいね」

情熱を宿した彼のまなざしを見て、ペイトンは息をのんだ。「今夜はふたりでお祝いしないと」

イーストンはたくましい胸に彼女を高々と抱きあげ、ベッドへ運んだ。

翌日、シアトルから飛行機でウェストンがやってきた。アレックスは車でポートランドから帰郷してきた。イーストンの家族とペイトンの家族は、全員そろってクリスマスを祝った。

クリスマスの日の午後、マイロンは正式に子馬たちをベイリーとペンに贈った。

子どもたちはマイロンの周囲をぴょんぴょん跳ねまわってよろこび、祖父に抱きついてお礼を言った。

「愛してるよ、お祖父ちゃん」ペンが言った。

「お祖母ちゃん、ここへ来て！」ベイリーが、目に涙を浮かべているジョイスに手をのばした。「みんなでハグしよう！」

ジョイスはよろこんでハグに加わった。

クリスマスの次の日、ウェストンはシアトルへ、アレックスはポートランドへ帰っていった。

その翌々日、ペイトンはジョイスといっしょにポートランドへ行き、アレックスとともに昼食をとってから、ブティックでウェディングドレスを選んだ。見つけたのは長いレースの袖と、ティーレングスのスカートが美しいドレスで、それに赤いカウボーイブーツを合わせることにした。

大みそかの日には、ウェストンとアレックスがふたたびハートウッドへ戻ってきた。ウェストンは新郎である兄といっしょに、川沿いの家で一泊することになった。

兄弟が農場の家を辞去する直前、ペイトンはイーストンを自分の部屋へ連れていってドアを閉めた。

「あなたに贈り物があるの」彼女は大判のマニラ封筒を机の中から取りだした。

「なんだい？」イーストンがさっそく封筒を開けようとした。

ペイトンはその手を押さえた。「あとで見て。ひとりきりになるまで待ってちょうだい。何年か前、あなたのために書いたものよ」

その言葉で、イーストンにはぴんと来た。「日記の取り除かれた部分か……」

川沿いの家へ戻ったイーストンは、日記のページの束を持ってベッドに入った。

その夜、彼はあまり眠れなかったが、寝起きの気分は爽快だった。

新年一月一日の午後五時、ワイルドローズ農場のイベント用の納屋で、イーストンは心に決めた、ただひとりの女性と結婚した。納屋はお祝いに集まった人々でいっぱいだった。

花嫁を新郎に引き渡す役は、マリリンが務めた。花嫁の付添人は、ジョージーとアレックスのふたりだった。イーストンの付添人はウェストンだった。ペンとベイリーはそれぞれ、サテンの小さなクッションにのせられた結婚指輪を運んだ。

簡素な式のあとの祝賀パーティは夜遅くまで続いた。その夜、ペンとベイリーは祖父母のキャンピングカーに泊まった。

ペイトンの家は、花嫁と新郎が独占することになっていた。イーストンは花嫁を抱いて家に入ると、そのまま寝室へ直行し、ペイトンの体から赤いブーツとレースのドレスを取り去った。

イーストンにとって、ペイトンはどんなときも世界一の美女だったが、その夜の彼女はいつにも増して美しかった。

「やっとふたりきりになれた……」彼が言った。

ペイトンは夫のジャケットとネクタイ、シャツやベルトを脱がすのにいそがしかった。「あなた、昨日あげた日記のページを読んだんでしょう？」彼女はイーストンの耳元でささやいた。

彼が花嫁にキスをした。「わかってるかい？　ぼくたちはこれから、きみが書いたセクシーな場面をひとつ残らず実行するんだ」

ペイトンはすねたふりをした。「わたしはあなたを恋しがりながら、五年という長い年月を過ごしたのよ。あなたとしたいことを全部、日記に書かずにはいられなかったの」

「書き留めておいてくれてよかった。ゆうべはひとりで大いに楽しんだよ」

ペイトンはふざけてイーストンの肩を叩いた。

「いけない人ね」その言葉とは裏腹に、スラックスのファスナーを下ろし、ボクサーパンツの中へ手を滑りこませる。

イーストンがうめいた。「ポケットに避妊具が入ってる……」

彼女は夫をベッドに押し倒した。「考えがあるの……」

「なんだい？」

「わたし、ピルをのんでいないのよ。のんだほうがいいのはわかっているんだけど……」

「うん？」

「このままじゃいけない？」

その言葉に、イーストンは心を躍らせた。「つまり、ピルをのまないままでってことかい？」

ペイトンは考えこむように小首をかしげた。褐色の髪がランプの光を受けて輝く。イーストンは、ペイトンならいくら見ていても見飽きることがなかった。彼女はぼくのものだ。ぼくの妻だ。

「次は女の子かしら」ペイトンは言った。「それとも、また男の子かしら。どっちでもいいわ」イーストンの首筋にキスをしてから、耳元でささやく。「あなたにその気はある？　赤ちゃんをもうひとり、授かってもかまわない？」

赤ちゃんをもうひとり。

今度こそ、最初からそばにいることのできる……。

「きみの考えに乗った」

「イーストン、愛してるわ」

「ぼくも愛している。キスしてくれ」

ペイトンはやわらかい唇をイーストンの唇に近づけた。

ハーレクイン®

愛の迷い子と双子の天使
2023年4月5日発行

著　　者　クリスティン・リマー
訳　　者　長田乃莉子（ながた　のりこ）

発 行 人　鈴木幸辰
発 行 所　株式会社ハーパーコリンズ・ジャパン
東京都千代田区大手町 1-5-1
電話 03-6269-2883（営業）
0570-008091（読者サービス係）

印刷・製本　大日本印刷株式会社
東京都新宿区市谷加賀町 1-1-1

表紙写真　© Dejan Veljkovic | Dreamstime.com

ISBN978-4-596-76863-6 C0297

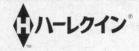

ハーレクイン・シリーズ 4月5日刊 発売中

ハーレクイン・ロマンス

愛の激しさを知る

九カ月後の再会は産声とともに	メラニー・ミルバーン／雪美月志音 訳	R-3765
五年契約のシンデレラ	リン・グレアム／加納亜依 訳	R-3766
秘書以上、愛人未満 **《伝説の名作選》**	マヤ・ブレイク／小泉まや 訳	R-3767
罪な手ほどき **《伝説の名作選》**	スーザン・スティーヴンス／高橋たまこ 訳	R-3768

ハーレクイン・イマージュ

ピュアな思いに満たされる

愛の迷い子と双子の天使	クリスティン・リマー／長田乃莉子 訳	I-2749
奇跡を宿したナース **《至福の名作選》**	アリスン・ロバーツ／小林ルミ子 訳	I-2750

ハーレクイン・マスターピース

世界に愛された作家たち
～永久不滅の銘作コレクション～

美しき侵入者 **《特選ペニー・ジョーダン》**	ペニー・ジョーダン／愛甲　玲 訳	MP-67

ハーレクイン・ヒストリカル・スペシャル

華やかなりし時代へ誘う

お忍びの子爵と孝行娘	アニー・バロウズ／富永佐知子 訳	PHS-300
麗しの男装の姫君	シャロン・シュルツェ／石川園枝 訳	PHS-301

ハーレクイン・プレゼンツ作家シリーズ別冊

魅惑のテーマが光る
極上セレクション

秘密の夢	シャロン・サラ／山田沙羅 訳	PB-357

※予告なく発売日・刊行タイトルが変更になる場合がございます。ご了承ください。

4月14日発売　ハーレクイン・シリーズ 4月20日刊

ハーレクイン・ロマンス　愛の激しさを知る

大富豪と百万分の一の奇跡《純潔のシンデレラ》	シャンテル・ショー／上田なつき 訳	R-3769
鳥籠から逃げたプリンセス《純潔のシンデレラ》	クレア・コネリー／小長光弘美 訳	R-3770
愛を偽る誓い《伝説の名作選》	アニー・ウエスト／熊野寧々子 訳	R-3771
砂漠は魔法に満ちて《伝説の名作選》	ペニー・ジョーダン／槙　由子 訳	R-3772

ハーレクイン・イマージュ　ピュアな思いに満たされる

愛の都で片想いの婚約を	レベッカ・ウインターズ／児玉みずうみ 訳	I-2751
愛を結ぶ小さな命《至福の名作選》	フィオナ・マッカーサー／瀬野莉子 訳	I-2752

ハーレクイン・マスターピース　世界に愛された作家たち ～永久不滅の銘作コレクション～

春の嵐が吹けば《ベティ・ニールズ・コレクション》	ベティ・ニールズ／高浜えり 訳	MP-68

ハーレクイン・プレゼンツ作家シリーズ別冊　魅惑のテーマが光る極上セレクション

心なき求婚	ビバリー・バートン／山田沙羅 訳	PB-358

ハーレクイン・スペシャル・アンソロジー　小さな愛のドラマを花束にして…

あなたの最愛でいられたら《スター作家傑作選》	ヘレン・ビアンチン 他／塚田由美子 他 訳	HPA-45

ハーレクイン・ディザイア　ゴージャスでスペシャルな恋！

夢のあとさき	アン・メイジャー／早川麻百合 訳	D-1911

ハーレクインの話題の文庫
毎月4点刊行、お手ごろ文庫!

3月刊
好評発売中!

『はかない初恋』
ダイアナ・パーマー

傲慢なボスのカリーに片思いする、住み込み秘書のエリナー。「彼女を求める男などいない」というカリーの言葉や彼の婚約発表にショックを受け、辞職を申し出る。

(新書 初版:L-1088)

『魔法の都ウィーン』
ベティ・ニールズ

住み込み家庭教師のコーデリアは、ウィーンに住む、教え子の伯父の家に同行することに。ハンサムな麻酔医の彼に惹かれるが、冷たくされて想いを封印する。

(新書 初版:R-493)

『億万長者の花嫁』
キム・ローレンス

大資産家チェーザレの子をサマンサは身ごもっていた。だがチェーザレは、当時視力を失っていたため彼女の顔すら知らない。サマンサは彼の愛を信じられず…。

(新書 初版:R-2722)

『忘れ得ぬキス』
ミランダ・リー

15歳のときから御曹司ランスを想い続けるアンジーは、24歳の今も誰とも付き合ったことがない。そんな折、大人になって魅力を増したランスと再び巡り合う。

(新書 初版:I-1126)

※ハーレクインSP文庫は文庫コーナーでお求めください。